오래된 빛

전수찬 장편소설

오래된 빛

문학동네

1장

창수는 버스에서 내려 가로등 아래로 걸어가 사진집의 접어
두었던 쪽을 펼쳤다. 해가 져 사거리는 어두웠다. 사진 속 울음
을 터뜨리며 걷는 여자아이가 가로등 불빛을 받아 노랗게 빛을
냈다.

사거리에서 '삼일 자동차 서비스'를 지나면 온천으로 향하는
서쪽 모퉁이까지는 어둠뿐이어서 정비소 앞마당에 진표가 켜둔
작업등 불빛이 유난스러웠다. 진표는 어두운 마당에서 혼자 엔
진을 들여다보고 있었다. 서쪽 하늘에 노을이 옅게 남아 있었다.
창수가 안으로 들어서자 진표는 보닛 아래에서 고개만 돌려 쳐
다보았다.

"이제 오는 거야?"

진표는 다시 엔진 쪽으로 고개를 돌렸다.

"퇴근 안 해?"

창수가 다가가자 진표는 천천히 몸을 일으켜 한숨을 내쉬고 들고 있던 스패너로 엔진을 톡톡 두드렸다.

"어느 십새끼가 내일 아침까지 해달랬거든."

"누가."

"있어. 그런 새끼가."

진표는 장갑을 벗어 흰 소나타 지붕 위에 올려놓고 작업복 주머니에서 담배를 꺼냈다.

"동네에 아주 유—명하신 분이 있어. 우리 집 단골인데, 오늘도 차가 안 움직인대서 가서 끌고 왔잖아."

"왜 유명한데."

진표는 담배에 불을 붙였다.

"저쪽, 평화의 마을인가 하는 데 알지?"

진표는 턱짓으로 온천 쪽을 가리켰다.

"윗마을?"

"응. 거기 사는 새낀데 완전 개차반이야. 술 처먹고 운전해. 운전도 면허는 어떻게 땄는지 완전히 제멋대로고."

"뭐 하는 새낀데?"

"몰라. 대학생인가 그럴걸? 우리보다 어려. 하도 사고를 치고 다녀서 마을 사람들 중에 모르는 사람이 없어요."

"술을 마시고 운전을 해?"

"그뿐만이 아니야."

진표는 차체에 걸터앉아 물고 있던 담배의 필터를 잘근잘근 씹었다. 그 옆으로 흰 소나타의 옆면에 갈퀴로 긁은 것 같은 흠이 여러 줄 길게 나 있었다.

"오늘은 또 뭐라는 줄 아나?"

진표는 담뱃재를 엔진 위에 가볍게 털었다.

"뭐래?"

"차가 안 움직인다길래 가서 끌고 왔더니 오면서 살짝, 어딜 들이받았을지도 몰라요, 이러는 거야."

"몰라? 모르다니?"

"그래서 내가 물었지, 무슨 얘기냐고. 그랬더니 확실한 건 아닌데 그랬을 수도 있대."

진표는 허탈하게 웃음을 내뱉었다.

"음주운전 했다는 거야?"

"왜 아니겠어. 그것도 기억이 안 날 정도로 마셨다는 얘기지. 완전 미친 새끼라니까."

"신고해. 왜 가만히 둬."

진표는 입가에 웃음을 머금고 허공에 길게 담배연기를 내뱉었다.

"몰라, 씨발. 나야 차만 고쳐주면 되니까. 우리 꼰대는 그런 건 신경도 안 써. 술 마시고 운전을 하든, 훔친 차로 운전을 하든, 그냥 차 맡겨서 돈만 벌게 해주면 땡이니까. 내가 신고했다고 하면 쓸데없는 짓 했다고 난리를 칠 거다."

진표는 불이 꺼진 정비소 내실 쪽을 쳐다보았다. 그리고 담배를 손가락으로 털어 끄고 다시 장갑을 꼈다.

"마을 청년회에서 벼르고 있어. 그 새끼는 자기가 마을에서 눈 밖에 난 것도 모를 거야."

진표는 꺼두었던 작업등을 다시 켰다. 그리고 보닛 아래로 몸을 구부리다 다시 몸을 일으켰다.

"근데 웃긴 게 그런 새끼가 아버지는 또 엄청 무서워해요."

"아버지?"

"응. 내가 한번 봤는데 아버지란 사람이 키는 땅딸막한데 덩치가 좋더라고. 아까도 오늘은 늦었으니까 내일 찾아가라고 하니까, 자기 아버지 알면 죽는다고 무슨 수를 쓰더라도 오늘 안으로 해달라는 거야. 아주 웃기는 새끼야. 그 새끼 한 번도 못 봤어?"

"몰라."

"보게 될 거다. 퉁퉁하게 살쪄가지고 아직 여기에 젖살도 안 빠졌어."

진표는 장갑 낀 손으로 턱 아래를 주물렀다. 진표는 다시 보닛 아래로 몸을 구부렸다.

"밥은 먹었냐?"

"아직."

"끝나고 소주나 한잔하러 갈래?"

진표는 창수 쪽으로 고개를 돌렸다.

"그럴까?"

"좀만 기다려. 너 길 건너 술집 새로 생긴 거 모르지?"

"어디."

"사거리 건너."

"못 봤는데."

"새로 생겼어. 조금만 기다려라. 오늘은 내가 한잔 산다."

진표는 다시 작업등 아래로 몸을 숙였고 창수는 정비소 앞마당 한쪽, 폐건전지를 쌓아둔 곳에 가 앉았다. 창수는 가방에서 사진집을 꺼내 작업등 불빛에 비추었다. 사진 속 베트남 여자아이는 발가벗은 채 겁에 질려 울음을 터뜨리며 걸었다. 뒤에서 포연이 하늘을 먹구름처럼 덮으며 따라왔다. 낮에 도서관에서 본 뒤로 종일 사진의 잔상이 따라다녔다. 작업등 불빛에 환히 드러난 여자아이가 사진 속에서 뭔가 외치는 듯했다.

엔진 공회전 소리가 밤하늘로 시끄럽게 치솟았다. 진표는 운전석에서 내려 다시 엔진 앞으로 돌아가며 작업복 주머니에서 껌을 꺼내 씹었다. 진표가 작업등 위치를 조정하자 불빛이 흔들렸다. 진표는 다시 보닛 아래로 몸을 숙였고 흔들리던 작업등 불빛이 멈추자 창수는 다시 불빛에 사진을 비추었다. 여자아이는 오래전 고등학교 시절 어두운 수영장 바닥으로 내려가던 자신의 모습을 떠올리게 했다.

"십새끼, 들이받아서 고장낸 것도 아니야!"

진표가 바닥에 껌을 뱉으며 소리쳤다.

베트남전쟁의 흑백사진에서 눈을 뗄 때 정비소 앞을 바라보면 그곳도 흑백이었다. 가끔 온천으로 가는 차들이 불빛을 남기고 사라지곤 했다. 진표는 한잔 생각에 몸이 달았는지 바삐 몸을 움직였다. 숲에서 바람이 내려와 정비소 앞마당을 쓸고 지나갔다.

"너무 꼼꼼히 하지 마. 그런 새끼 잘해줘서 뭐해."

창수가 말하자 엔진 쪽으로 몸을 굽히고 있던 진표가 소리쳤다.

"잘해주긴 누가 잘해줘! 돈 받은 만큼만 하는 거지!"

엔진 공회전 소리가 다시 일대에 울려퍼졌고 진표는 어느 때부턴가 콧노래를 부르고 있었다. 진표는 마지막 시동을 건 뒤 내리자마자 바퀴를 걷어찼다.

"개새끼, 다 됐다!"

진표는 작업등을 끄고 차 지붕에 올려놓았던 수건으로 땀을 닦고 바짓가랑이를 털며 창수 쪽으로 다가왔다.

"뭐냐?"

진표는 창수의 사진집을 들고 가로등 아래로 가 불빛에 비추어 보았다.

"전쟁 사진이야?"

"베트남전쟁."

진표는 담배를 문 채 노안이 온 사람처럼 책을 눈에서 멀리 두고 한 장씩 넘겼다. 창수가 다가가자 진표는 얼굴을 찡그렸다. 그것이 담배연기가 눈에 들어갔기 때문인지, 사진 속 장면이 께름칙해서인지 구분할 수 없었다. 진표는 책장을 넘기다 한 군인이 민간인 남자의 관자놀이에 권총을 겨눈 사진에서 멈추고 잠시 바라보았다. 민간인 남자의 얼굴은 이미 영혼이 반쯤 달아나 있는 듯했다. 진표는 책을 덮어 창수에게 주었다.

"너 사진도 찍어?"

"아니, 그냥 보는 거야."

진표는 담배를 입에서 떼어내자마자 바닥에 던져 발로 비벼 껐다.

"너, 세상에서 제일 무서운 게 뭔지 아냐?"

진표가 물었다.

"뭔데?"

"사람."

진표는 그렇게 말하고 심각한 비밀을 털어놓았다는 듯 입을 꾹 다물었다. 그리고 수건으로 먼지를 털어내다 정비소 앞으로 나가 사거리 건너편을 바라보았다. 이미 엄숙함은 얼굴에서 사라지고 콧노래를 부를 때의 기대감이 번져 있었다.

"가만있자, 문을 열었지."

진표는 확인하듯 말했다. 길 건너 복덕방과 자전거포의 불 꺼진 간판 사이로 주황빛 간판이 새치름히 빛을 내고 있었다.

"너 저기 서빙하는 애 못 봤지."

"가보지도 않았다니까."

"걔, 괜찮아."

진표는 창수를 보며 슬그머니 웃었다.

"봤어?"

"응."

"예뻐?"

"괜찮다니까."

진표는 은근한 웃음을 머금었다.

"어쩐지…… 한잔 산다 그럴 때 뭔가 있는 것 같더라."

"야! 오늘 월급날이라 사는 거야!"

진표는 창수를 툭 치고 내실로 들어가 씻고 옷을 갈아입었다. 창수는 정비소 앞에서 사거리를 바라보았다. 시골로 이사하자고 처음 말을 꺼낸 것은 아버지였다. 지난해 아버지는 봄부터 얼굴이 어두웠고 시간이 지나도 그늘이 가시지 않았다. 어머니에게 물어도 직장 일에 권태를 느끼는 모양이라고밖에 달리 설명할 게 없는 모양이었다. 봄에 아버지는 어느 날 갑자기 시골에 가서 사는 게 어떻겠느냐고 물었다. 한두 해 살다 괜찮으면 정년 퇴직 전에 일찌감치 시골로 내려가는 것도 생각해보고 싶다고 했다. 은퇴 뒤에 낙향하고 싶다는 말을 꺼낸 적은 있어도, 그렇게 갑자기 시골 행에 목말라하는 것은 뜻밖이었다. 어머니도 뜻밖인 듯했다. 갑작스러운 일이라 큰 병을 숨기고 있는 게 아닌지 걱정이 들 정도였다. 아버지는 줄곧 시골을 얘기했고, 그 얼굴에 서린 그늘을 보며 굳이 반대할 식구는 없었다. 시골이라고 해도, 아버지가 봐두었다는 곳은 서울에서 멀지 않은 경기도의 소도시였다. 식구들이 굳이 반대하지 않자 아버지는 전근 신청을 냈고 여름이 시작될 무렵 K시 시청으로 근무지를 옮겼다. 그렇게 이사 온 것이 꼭 한 해 전이었다. 이사한 날 이삿짐을 부려놓고 마당에서 웃고 있는 아버지를 보니, 그 웃음을 본 것이 실로 오랜만이라는 걸 실감할 수 있었다.

진표의 말로는, 몇 해 전 온천 인근지역이 개발제한에서 풀려난 뒤로 온천으로 가는 지름길 격인 사거리 풍경이 꽤 바뀌었다고 했다. 시골 마을에서 상상할 수 없던 모텔이 들어서고 공터일 뿐이었던 땅에 큼지막한 식당들이 문을 열어 밤이 되어도 제법 거리의 불빛이 화려했다. 하지만 불빛들 안쪽은 그저 시골 마을이었다. 정비소 옆, 집으로 올라가는 골목길로 들어서기만 해도, 키 낮은 담 너머로 촌로가 잠이 들며 켜둔 텔레비전 불빛만 어른거리곤 했다. 여름에는 장마철이 지나면 온천으로 가는 차들이 많지 않았다. 한 해가 지났지만 사거리 풍경은 여전히 낯설었다. 그렇게 사거리를 바라보고 서 있으면, 여전히 어딘가 어두운 곳을 떠돌고 있다는 기분이 들곤 했다.

"가자."

진표는 뛰듯 앞으로 걸어나갔다. 온천과 반대쪽이라 그 거리는 밤이 되면 어두웠다. 새로 생긴 가게는 주황빛 간판 불빛에 이끌린 손님들로 북적거렸다. 복덕방이 차지한 길모퉁이에 이르자 가게 안에서 떠드는 소리가 그곳까지 흘러나왔다.

"동네 아저씨들 다 모였구먼."

진표는 서둘러 앞으로 걸어가다 가게 앞에 멈추어 서서 가게

안, 쟁반을 가슴까지 받쳐들고 손님들 사이를 지나가는 여자아
이를 가리켰다.

"쟤야, 쟤."

진표는 목소리를 죽이며 말했다. 예쁘장하고 야무지게 생긴 여
자애가 술에 취해 언성을 높이고 있는 늙다리들 사이를 지나갔다.

"어때?"

진표는 낮게 속삭였다.

"괜찮네."

"괜찮다니까."

진표는 집게손가락을 입 근처에 대고 여자를 바라보았다. 엄
마인 듯한 여주인은 주문을 전달하고 손님들 사이에서 웃음꽃을
피우느라 얼굴이 발갛게 달아올라 있었다.

"자리가 있나…… 동네 놈팽이들 다 왔다니까……"

진표가 천천히 가게 쪽으로 걸어갔다.

문을 열자 여주인이 진표와 창수를 보고는 서둘러 가게 안을
둘러보다 미안하다는 듯 얼굴을 찌푸렸다.

"어쩌지, 토요일이라 자리가 없네요."

진표는 가게 안을 둘러보다 빈자리가 없는 걸 확인하고는 여
자아이만 쳐다보았다.

"마음먹고 왔는데……"

"죄송해서 어쩌나…… 다들 동네 분들이실 텐데."

여주인은 개업 선물용 라이터를 두 개 내밀었다. 진표는 라이

터를 받아들고 이미 빈자리가 없다는 걸 확인한 가게 안을 다시 둘러보았다.

"기다려도 안 돼요?"

"글쎄…… 자리가 언제 날지…… 다들 약주들 하시느라……"

여주인은 두 손을 맞비볐다.

"할 수 없죠. 저는 요 앞 정비소에서 일해요."

진표가 길 건너를 가리키자 여주인은 아— 하며 손뼉을 쳤다.

"삼일…… 무슨 서비슨가."

"삼일 자동차 서비스요."

"맞다, 삼일 자동차 서비스. 거기서 일하시는구나. 아이고, 이렇게 동네 분한테 자리를 못 내드려 어떡해……"

"할 수 없죠. 다음에 올게요."

진표가 퉁명스럽게 대답했다.

"그래요, 그럼. 내 다음에 서비스 많이 줄게. 저기 삼일 자동차 서비스라고 했죠?"

"예, 차 고칠 거 있으면 들르세요. 잘해드릴게요."

"그래요. 꼭 갈게요. 오늘은 미안해요."

진표는 밖으로 나가서도 다시 가게 안을 돌아보았다.

"동네 놈팽이들 다 모였다니까……"

가게 안에서 여자아이가 다시 쟁반을 받쳐들고 손님들 사이를 지나갔다.

"괜찮단 말이야……"

진표가 중얼거렸다. 그리고 시선은 가게 안에 둔 채 손으로 틱틱 소리를 내며 라이터를 켜댔다.

"동네 아저씨들은 다 아줌마 보러 왔나봐."

창수가 말했다.

"아줌마도 예쁘지?"

"응."

"콩 심은 데 콩 나고 팥 심은 데 팥 나는 거지. 그러니까 동네 놈팽이들이 눌러앉아서 집엘 안 가는 거야."

"딴 데 갈래?"

"딴 데 가서 뭐해."

진표는 심통이 난 듯 중얼거렸다.

"그럼 내일 가지, 뭐."

그렇게 말하자 진표는 대답도 하지 않고 라이터만 켜며 앞으로 걸어갔다. 그리고 사거리를 건너다 멈추어 서서 혼잣말처럼 말했다.

"괜찮단 말이야……"

정비소 앞마당에 누군가 서 있었다. 말썽쟁이라는 그 윗마을 청년이 차를 가지러 온 모양이었다. 창수는 정비소를 지나 집으로 올라갔다.

한 달 전 청년을 봤을 때 느꼈던 불쾌감이 다시 찾아왔다. 청년은 야구모자를 눌러써 얼굴을 반쯤 가린 채, 조수석에 그가 올라타도 힐끔 쳐다보기만 했다. 청년은 가방을 열어 가져온 물건부터 꺼내놓았다. 해질 무렵 청사 근처 24시간 사우나 지하주차장에서였다.

한 달 전 사진을 건네러 왔을 때도 청년은 모자챙으로 얼굴을 가리고 얼굴을 들려 하지 않았다. 만나자는 곳이 청사 뒤 공사장인 것이 불쾌했고 사진을 건네러 온 청년의 그 음침한 분위기도 싫었다.

"꼭 이런 데서 만나야 돼? 나쁜 짓 하는 사람들처럼 말이야."

조두용은 청년의 승합차에 올라 그렇게 말했다.

"여기서 만나라고 하던데요."

청년은 가방에서 꺼낸 CD를 서둘러 플레이어에 집어넣으려 했다.

"녹음한 거야?"

"예."

조두용은 손으로 청년을 제지했다. 그리고 시멘트 벽일 뿐인 앞을 내다보며 길게 숨을 내쉬었다.

"좀 다른 데 가서 듣자고. 밝은 데 가서."

청년은 CD를 집어넣으려다 다시 조두용을 쳐다보았다.

"날도 좋은데 꼭 이런 데 있어야 돼?"

조두용이 물었다.

"듣는 데 오 분도 안 걸립니다."

조두용은 다시 길게 숨을 내쉬었다. 청년은 다리를 떨었다. 한 달 전 사진을 건네러 왔을 때도 청년은 사진을 확인하는 동안 구석진 곳으로 가 벽에 기대서서 다리를 떨었다.

"틀지."

조두용이 말했다. 청년은 CD를 플레이어에 집어넣었다.

"……예, 박선명입니다."

"아, 예, 박사장님."

"하하, 어젠 잘 들어가셨습니까?"

"예, 박사장님은 잘 들어가셨습니까?"

"예. 저야 뭐 집이 멀지 않으니까, 허허."

"하― 전 시간이 그렇게 된 줄은 몰랐는데 집에 도착하니까 세 시가 넘었대요."

"전 그래도 두시 반이던데…… 너무 늦게 들어가서 사모님한 테 혼나신 건 아닌지 모르겠습니다, 허허."

"혼은 무슨…… 뭐, 하루 이틀이라야 혼나지요. 마누라, 그런 거 포기한 지 오래됐어요. 다 처자식 먹여살리자고 하는 건데 혼 은 왜 냅니까. 그보다 아이고, 아침에 일어나는데…… 죽겠습디 다. 이팔청춘도 아니고, 오랜만에 젊은 애들하고 놀려니까……"

"뭐, 일 년에 한두 번쯤 무리하는 건 몸에도 괜찮습니다, 허 허."

"그런가요. 어쨌든 박사장님 덕분에 잘 마시고 잘 놀았습니 다. 어제 거기 괜찮던데요. 거긴 또 처음 가보네."

"괜찮죠? 이 지역에서는 그래도 거기만한 데가 없어요. 다음에 또 생각 있으시면 다시 한번 모시겠습니다."

"그땐 보양식이라도 하나 먹고 들어가야지, 허허."

"젊은 애들 양기를 빨아먹으려면 원래 나이든 쪽이 힘든 법 아닙니까. 할 수 없죠."

"아이고…… 어쨌든 잘 놀았습니다."

"그리고…… 어제 말씀드렸던 거……"

"예."

"사람 시켜서 보냈습니다. 곧 갈 겁니다. 받으시면 확인해보십시오."

"아, 예. 확인은요, 뭘. 뭐…… 어쨌든 기왕 이렇게 됐으니까 드리는 말씀인데, 저는 그냥 박사장님 뜻이 좋고 또 우리 지역 경제를 위해서도 앞으로 할 일이 많으신 분 같아서 편의를 봐드리는 겁니다. 그냥 그렇게만 생각하십시오."

"예, 알겠습니다. 저도 이제 이 지역에서 발붙이고 살 놈입니다. 이사 온 지가 벌써 몇 년인데요. 그리고 말씀하신 대로 온천이 잘되면 지역 경제가 사는 거고 나쁠 게 뭐가 있겠습니까."

"어쨌든…… 전 뭐 그렇게 생각하고 있습니다. 그렇게만 생각해주세요."

"알겠습니다. 그럼 저는 앞으로 좋은 소식만 기다리고 있겠습니다."

"뭐 모르긴 해도…… 큰 변수는 없을 겁니다. 요즘은 사람들도 환경에 그리 신경을 안 써요. 돈이 우선이지. 그냥 한 열흘 정도만 기다려보십시오. 별 차질 없이 허가가 나게 해드리겠습니다."

"저는 그냥 팀장님만 믿고 있겠습니다."

"예. 뭐 어쨌든 여러 가지로 감사합니다. 아이고, 다음엔 좀 적당히 놀아야지, 허허."

"언제 다시 한번 연락 주십시오. 그때 다시 한번 모시겠습니다."

"예, 예."

청년은 스위치를 눌렀다. 미끄러져 들어갔던 원반이 다시 미끄러져 나와 멈추어 섰다.

"언제 녹음했다고?"

조두용이 CD를 꺼내 확인하며 물었다.

"오늘 오전에 했다던데요."

"자네가 직접 한 게 아니고?"

"저야…… 배달만 하죠."

청년은 그렇게 말하고 가방에서 복사본 한 장을 더 꺼내 플라스틱 케이스에 넣어 내밀었다. 조두용은 CD를 받고 안주머니에서 봉투를 꺼내 주었다. 청년은 봉투를 열어 액수를 확인했다.

"연락할 거 있으면 내일까지 하시랍니다. 전화번호 바꾼다고."

봉투를 가방에 집어넣은 뒤 청년이 말했다.

"전화번호를 왜 바꿔?"

"일 끝나면 그렇게 한대요, 보통."

청년은 그렇게 말한 뒤 옆 거울로 괜히 아무도 없는 뒤쪽을 살폈다.

"자네 몇살이라고 했지?"

"예?"

청년이 고개를 돌리며 물었다.

"몇 살인가 좀 알고 싶어서. 내 아들 또래 같아서. 우리 애가 올해 스물다섯이거든."

"저는 여섯입니다."

"하나 위구면……"

청년은 그런 대화가 성가시다는 듯, 사람 없는 차가 서 있을 뿐인 창밖으로 고개를 돌렸다. 청년의 볼에 여드름이 남아 있는 걸 조두용은 그때 처음 보았다.

"어쨌든 일을 잘해줘서 고맙네. 나한테는 각별한 일이라서…… 덕분에 일이 순탄하게 되고 있는 것 같아."

조두용은 청년이 건넨 플라스틱 케이스를 손가방에 넣고 닫았다.

"그리고…… 가기 전에 자네한테 할 이야기가 있어서 그런데……"

청년은 돌아보지도 않았다.

"자네가 이 일이 어떤 일인지 모를 것 같아서 말이야."

"대충 압니다."

청년은 귀찮다는 듯 대답하고 차창 밖을 내다보았다.

"공무원 비리 하나 캐겠다고 쫓아다니는 줄 알겠지, 안 그래?"

청년은 무슨 이유에선지 다리를 더 빠르게 떨었다.

"스물여섯이면 자네도 이제 성인이고…… 자기가 하는 일이 어떤 일인지 정도는 알아야 하잖아."

청년은 차창을 열고 담배에 불을 붙여 창밖으로 길게 연기를 내뱉었다. 조두용은 담배 피우는 청년의 옆모습을 물끄러미 바라보았다.

"난 이 일 때문에 서울에서 여기까지 근무지도 옮기고 이사도 왔어. 공무원 비리 하나 캐겠다고 집까지 옮기는 사람이 어디 있나. 다 그럴 만한 이유가 있어서 하는 짓이야."

조두용은 CD를 넣은 손가방을 내려다보았다. 그리고 고개를 들어 물었다.

"자네 혹시 왕따라고 아나?"

청년은 그제야 그를 쳐다보았다.

"내 둘째아들이 십 년 전에 어떤 애한테 그런 걸 당하다가 사고로 죽었어. 아무 잘못도 없는 앤데. 그냥 괴롭힘만 당하다가 괴롭힌 애가 캄캄한 저녁에 산으로 부르는 바람에 산으로 올라가다 실족해서 죽었어."

청년은 운전대를 톡톡 두드렸다. 하지만 한쪽 귀를 열고 있는 듯했다.

"십 년 전 일이야. 오래됐지. 하지만 그 일을 당한 우리 식구들은 십 년이 십 년 같지가 않아. 그애는 처벌도 안 받았어. 그애 아버지란 작자는 나한테 사과 한 번 안 했어. 사과가 다 뭐야, 그런 일 없다고 발뺌하다가 다른 사람들 입까지 막고 줄행랑까지 쳤지."

조두용은 잠시 말을 쉬었다.

"아까 들었다시피 개발제한구역에 리조트 사업을 하겠다고 와서 공무원한테 뇌물까지 주면서 살고 있는 게 그 작자야. 집도 으리으리해. 아무 걱정 없이 살아. 그 아들은 다 커서 대학에 다녀. 아무런 문제 없이 살고 있지. 그 사람들은 십 년 전에 아무 잘못 없는 애 하나가 죽은 건 까맣게 잊고 있을 거야. 어때, 그게 공평한가?"

청년은 창밖을 보며 길게 담배연기를 내뱉었다.

"이봐, 난 말이야…… 그놈을 잡아서 콩밥을 먹이겠다는 것보다 세상이 좀 공평했으면 하는 거야. 한쪽은 가슴에 멍이 들어 사는데 한쪽은 아무 일도 없었다는 듯이 떵떵거리고 사는 걸 좀 멈추고 싶어. 그러면 그 작자도 내가 겪은 아픔의 반의반은 알 거야. 그렇다고 내가 부당한 일을 하는 거야? 아니잖아. 그 작자는 공무원에게 뇌물을 주고 불법을 저지르고 있어. 그걸 내가 고발하려는 거고. 나쁜 일 아니야. 적법하게 고발하는 거지. 안 그래?"

청년은 대답하지 않았다.

"지난번에 자넬 만나서도 내가 이 얘길 할까 하다 말았어. 오늘은 나오면서 자네한테 이 얘길 꼭 하고 싶더란 말이야. 적어도 자기가 하는 일이 어떤 일인지 알면 최소한 떳떳할 수 있잖아."

청년은 다시 오른쪽 다리를 떨었다. 조두용은 청년의 얼굴 대신 그 다리를 쳐다보았다.

"요지는 자네가 나쁜 일을 하는 게 아니다, 그걸 알았으면 좋겠다, 하는 거야."

조두용이 덧붙였다. 청년은 모자를 다시 눌러쓰고 창밖으로 고개를 돌렸다. 한 손은 운전대에 올리고 가볍게 두드렸다.

"내가 괜한 말 했나?"

조두용이 묻자 청년은 그를 흘끔 쳐다보고는 열쇠를 돌려 시동을 걸었다.

"저야 상관없죠."

청년은 그렇게 말하고 라디오를 틀었다. 조두용은 말없이 시멘트 벽뿐인 앞을 내다보았다. 라디오에서 수다스러운 여자 목소리가 흘러나왔고, 청년은 두 손으로 운전대를 두드렸다. 조두용은 손가방을 챙겨 천천히 차문을 열었다. 바닥에 내려서 차문을 닫기 전 다시 청년을 쳐다보았다. 청년은 이미 후진을 위해 뒤를 돌아보고 있었다. 조두용은 청년을 바라보다 차문을 닫았다. 문을 닫자마자 차는 무섭게 뒤로 빠져 곧장 주차장을 빠져나갔다. 조두용은 차가 빠져나간 주차장 출구를 바라보며 청년이 남긴 모멸감을 짓누르고 서 있었다.

그것으로 준비를 갖춘 셈이었다. 하지만 집으로 가는 내내 청년이 남긴 불쾌감은 쉽게 수그러들지 않았다. 시가지를 벗어나 읍으로 뻗은 지방도로에 올라서면 오른쪽 산등성이로 해가 따라붙었다. 그 길을 곧장 따라가면 오른쪽으로—흔히 읍 사람들이 '윗마을'이라고 부르는—'평화의 마을', 즉 박선명이 살고 있는 마을의 어귀가 있었다. 그 마을은 전원주택이나 주말 별장을 찾는 사람들이 숲을 개간해 만든 이주민 마을이라 그가 사는 아랫마을과는 애초부터 통 왕래가 없었다. 처음 이사했을 때, 그 마을로 올라가 멀찍이서 그자의 집을 바라보다 돌아오곤 했다. 그러던 것이 봄부터는 일주일에도 여러 번씩 퇴근길에 그자의 마을에 들렀고, 그곳에서 사사로운 생각을 정리하다 돌아가는 것을 일과처럼 여겼다. 그자의 집을 바라보는 것은 심리적 안정감을 주었다. 심부름센터 청년의 모욕처럼 마음을 어지럽게 하는 일이 일어난 날이면, 그자가 사는 마을로 올라가 이제 관객석처럼 되어버린 호두나무 아래 공터에 차를 세우고 그자의 집을 바라보곤 했고, 그러면 어지럽던 것이 천천히 질서를 찾아 제자리로 돌아가곤 했다.

처음에는 그렇지 않았다. 이사한 지 얼마 되지 않았을 때만 해도 그자 앞에서 떠오르는 나쁜 기억들에 매번 패배당해, 집으로 돌아갈 때는 마치 기억에 두들겨맞아 녹초가 된 것처럼 지치곤 했다. 나쁜 기억은 쉽게 일어나 쉽게 삶을 침범했고, 며칠 동안 썩은 내를 풍기다 가라앉았다. 몇 달 동안 그러했다. 그자는 삶에서 불필요한 기억들은 편리하게 도려내 오래전 삶을 회복한 듯했다. 그자의 아들, 기환은 대학생이었다. 올봄이 되어서야 그자를 바라보는 일은 본래의 의미를 되찾았다. 그것이 그자의 가정불화—사고를 치고 온 아들을 두들겨패는 그자를 몇 번 본 뒤에 일어난 일이라고 한다면 치졸하다고 할지 모르겠다. 어쨌든 마음의 안정을 찾은 것은 그 이후였다. 그자 또한 적어도 하루, 십 년 전 그날만은 삶에서 도려내지 못했을 것이란 생각이 마음을 편안하게 했다. 호두나무 아래에 들어가 있으면 그자의 집을 배경으로 오래전 그자가 살던 그 집의 풍경이 겹쳐 나타나곤 했다. 그자가 살던 집은 학교에서 조금 더 멀었다. 그자의 집으로 가기 전날 아내의 얼굴은 사색이 되어 있었다. 집에 들어가니 아내는 새 학기가 시작된 뒤로 박기환이라는 아이가 줄곧 창호를 괴롭혀왔다는 이야기를 들었다고 말했다. 아내는 저녁에 나갔다 자정이 넘어 돌아왔다.

"내가 지금 여섯 집인가 일곱 집인가 돌아다녔는데 다 맞대. 그 박기환인가 하는 애가 학년 초부터 창호를 괴롭혔다는 거야."

창호는 초등학교 육학년, 열세 살이었다.

"어떻게 괴롭혔다는 거야?"

"학교 끝나면 불러서 심부름 시키고, 놀리고, 때리고, 일기장 가져오라고 해서 자기 친구들 불러모아서 그 앞에서 읽으라고 하고. 개야, 개! 그날도 개가 불러서 나간 거야."

그날 밤 집에는 미친 영혼들이 돌아다녔다. 아내는 실성한 사람처럼 통곡하다 구토하고 쓰러진 뒤 일어나지 못했다. 집 앞에 구급차 사이렌 소리가 미친 망령의 야유처럼 울려퍼졌다. 아내를 실은 구급차는 귀를 찢어놓을 것 같은 소리를 내며 밤거리를 내달렸다. 아내 곁에 앉아 창밖을 내다보면, 사이렌 소리는 밤하늘을 지나 사람이 들을 수 없는 곳까지 치솟는 듯했고, 구급차 또한 그 소리를 따라 올라가고 있는 듯했다.

그자의 집 앞에 닿았을 때도 그 사이렌 소리가 귀울림이 되어 남아 있었다. 초인종을 누르기 전 잠시 대문에 머리를 기댔던 것도 그 미친 소리의 여운 때문이었다. 골목 끝으로 해가 넘어갔다. 그자의 집 마당에 저녁뉴스를 진행하는 여자 앵커 목소리와 함께 숟가락 달그락거리는 소리가 흘러 다녔다.

"누구세요?"

인터폰을 누르자 중년여자가 말했다.

"여기가 박기환 학생 집 맞습니까?"

"네, 그런데요."

여자는 당황한 듯했다.

"저는 기환이 학생과 같은 반이었던 조창호 학생 아버지 되는 사람입니다."

여자는 말을 멈추었고 인터폰을 끊더니 얼마 뒤 안에서 키가 작고 몸집이 단단한 남자가 반바지 차림으로 나와 대문 안쪽에 섰다.

"조창호…… 아버지시라고요?"

“예.”

남자는 대문을 열지 않았다.

“이번에…… 사고를 당했다는 그 학생…… 말씀이시죠?”

“예, 맞습니다. 기환이 학생에게 몇 가지 물어보고 싶은 게 있어서 찾아왔습니다.”

남자는 머뭇거렸다. 그는 대문을 열지 않았다.

“상심이 크시겠습니다. 저도 집사람한테 들었는데…… 참, 어쩌다 그런 일이…… 그런데 우리 아이한테는 뭘 물어보시려고요.”

그는 대문을 열지 않았다.

“애들한테 들었는데 사고가 나기 전에 우리 애가 기환이 학생하고 자주 어울렸다고 해서요. 그냥 이야기나 좀 들어볼까 해서 왔습니다.”

남자는 철제 대문 창살 사이로 내다보았다. 남자는 비열하게도 어색한 연기를 동원해 고개를 갸웃했다.

“우리 애는 평소에 안 친하던 애라고 하던데요.”

그자는 대문을 열지 않았다.

“같은 반 애들이 그랬습니다. 어쨌든 이렇게 왔으니 몇 가지 물어보게만 해주십시오. 아시겠지만, 우리 애는 이유도 없이 캄캄한 저녁에 산에 올라갔다가…… 집에다는 친구 집에 간다고 말하고 나갔습니다. 그러니 제 심정이 어떻겠습니까. 이유라도 알면 이렇게 답답하지는 않을 겁니다. 그냥 몇 가지 물어보고 돌아가겠습니다."

"경찰에서 수사하고 있지 않습니까?"

그자는 그렇게 말했다.

"경찰만 믿고 제가 어떻게 가만히 앉아 있을 수 있겠습니까. 아마 기환이 아버님께서도 제 심정이라면 가만히 앉아 있진 못할 겁니다. 좀 들어가서 물어보게 해주세요."

그자는 대문을 열려 하지 않았다.

"그날 우리 애는 집에 있었습니다. 제가 물어봤더니 집에서 숙제 하고 잤다던데요."

"기환이가 어쨌다는 게 아니라 작은 실마리라도 될 만한 이야기라도 들을지 모르니까 온 겁니다."

"우리 애도 지금 같은 반 애가 그런 사고를 당했다고 하니까 충격이 큰가봐요. 요즘 말을 걸어도 통 말이 없어요. 아마 물어보셔도 대답도 안 할 겁니다. 그리고 지금 집에도 없어요."

"어딜 갔는데요?"

"친척집에 갔습니다."

"친척집엔 왜요?"

"애가 힘들어해서 며칠 쉬다 오라 그랬습니다. 며칠 학교 안 보내려고요. 매일 보던 친구가 어느 날 갑자기…… 어쨌든 걔도 마음이 편치 않겠지요."

"친척집이 어딘데요?"

그자는 철창 사이로 적의를 드러냈다.

“그런 것까지 말씀드려야 됩니까?”

그자는 끝내 대문을 열지 않았다.

“그래도 일단 좀 들어가서 얘기합시다. 사람을 이렇게 문밖에 세워두고······”

“아니, 애도 없다는데 들어와서 뭘 어쩌겠다는 거예요.”

“들어가서 제가 확인하겠습니다.”

“확인하다니, 뭘 확인한단 말입니까?”

“애가 있는지 없는지부터 확인하겠습니다.”

“아니 이 양반이······ 지금 내가 거짓말하고 있단 말이오? 제정신이 아니구먼. 됐어요. 돌아가요. 어려운 일 겪은 건 알지만 이런 식으로 막무가내로 찾아와서 동네 시끄럽게 하면 안 되죠.”

그를 노려보았다. 그자도 철창 사이로 노려보았다.

“문 열어주십시오.”

“어허, 이 사람이······ 애가 없다고 하잖습니까.”

철창을 쥐고 말했다.

“그래도 일단 들어가서 얘기하게 해주세요.”

“애가 없는데 들어와서 뭘 하겠단 말이오.”

철창을 쥐고 흔들었다. 그자는 결국 대문을 열지 않았다.

“아니 이 사람이 정말······ 경찰 부를까?”

“경찰?”

“그럼 남의 집에 주인 허락도 없이 들어오겠다는데 그게 무단 침입이 아니면 뭐야.”

"무단침입이라고?"

명령한 적 없는 몸이 뒤로 물러났다 대문을 발길질했다. 몇 번 그랬을 것이다. 몸을 갖다 부딪쳤다. 그러자 허술한 위쪽 경첩이 부서지며 육중한 대문이 한쪽으로 기울었다. 다시 그 아래쪽을 발길질했다. 그자는 대문 옆에 있던 빗자루를 들고 들어오는 자를 가격할 자세로 서 있었다. 아래쪽 경첩이 떨어져나가자 대문은 마당 쪽으로 쿵 소리를 내며 넘어졌다. 그자가 빗자루로 내리쳤다.

그자와의 몸싸움. 치욕스러운 기억. 안으로 들어가지 못하게 막아서는 그자에게 달려들어 그자의 목을 감아 비틀자 그자는 욕지거리를 내뱉으며 들어오는 자의 몸을 감싸 밖으로 밀어냈다. 그자의 몸뚱이는 잔인했다. 몸 안을 시멘트로 채워넣은 듯했다. 마당에 두 중년남자가 엉겨붙었고, 안에서는 아무도 나오지 않았다. 동네 사람들이 모여들었다. 그자의 정수리를 물어뜯으려 했지만 턱이 정수리까지 미치지 않았다. 그자는 몸을 일으켜 상대의 다리 사이에 두 손을 집어넣어 깍지를 끼고 몸을 들어올렸다. 그것으로 더이상 몸싸움이 되지 않았다.

"네 새끼가 우리 애를 학년 초부터 괴롭혔어. 알아? 그날 네 애가 불렀지? 네 애가 불러서 우리 애가 그 밤에 산에 갔지. 네 새끼가 우리 앨 죽였지!"

그자의 두 손 위에 들어올려져 그렇게 외쳤다. 그자는 상대를 대문 밖에다 메다꽂고 집 안으로 달려 들어가 야구방망이를 들고 나왔다.

"개새끼, 주둥아리 한 번만 더 놀려봐라. 대가리를 부숴놓을 테니까."

야구방망이는 몇 해 동안 꿈에 나타나곤 했다. 무언가 찾느라 산속을 헤매다 결국 찾은 것이 그 방망이였다. 그자는 쓰러진 자에게 야구방망이 끝을 겨누고 주머니에서 전화기를 꺼냈다. 동네 사람들이 둘러서서 그 모습을 지켜보았다.

"예, 경찰이죠. 지금 우리 집에 어떤 사람이 와서 대문을 부수고 난동을 부리고 있어요. 예, 모르는 사람이라니까요. 지금 제가 잡아놨으니까 빨리 와주세요. 지금 당장요!"

그자는 전화를 끊고 두 눈을 부라리며 방망이를 겨누었다.

시간이 지나자 학부모들은 창호에 대한 일은 꺼내려 하지 않았다. 어떤 학부모들은 말을 바꾸고 입을 다물었다. 반 아이들도 그 일에 대해 말하려 하지 않았다. 여름이 저물어갔다. 기환이 창호를 괴롭혔다고 말해주었던 학부모를 찾아가면 박선명이 그랬던 것처럼 문도 열려 하지 않았다. 학교로 올라가는 언덕길 양쪽이 노랗게 물들었고, 그 길을 따라 아이들이 등교하는 풍경은 숙명을 가르치려는 듯했다. 시간은 숙명을 가르쳤다. 가을이 되자 사람들은 한 아이의 부재를 스스럼없이 받아들였다. 가을이 저물어갈 무렵 경찰은 마지막 만남에서 이렇게 말했다.

"그애가 불렀다고 하더라도 처벌할 수는 없어요. 저희는 형법상 처벌할 수 있는 사건에 한해서만 수사합니다. 피해자의 사고

원인은 어쩔 수 없이 실족입니다. 실족해서 바위에 부딪힌 거지요. 애들 간에 있었던 문제가 원인이라 하더라도 그애가 직접 상해를 입힐 목적이 아니었다면 처벌할 수도 없고, 수사할 수 있는 문제도 아닙니다. 죄송하지만 사실 여부를 밝힌다 해도 달라질 게 없습니다. 저희로서는 이 정도밖에는 말씀드릴 게 없습니다."

한 해 동안 추악한 시간이 흘렀다. 식구들은 살아 있었지만 살아 있다는 걸 의식하지 못한 채 살아 있었다. 한 해가 지나 창호의 기일이 가까워지자 아내는 집을 나갔다. 그 사흘 동안 아내를 찾지 않았다. 집에 돌아온 아내의 얼굴은 시멘트로 빚어놓은 것 같았고 그래서 문지르면 가루가 부스스 떨어질 것 같았다. 아내는 집에 돌아와 아기를 갖게 해달라고 매달렸다. 아내가 끔찍했다. 그 시절 태어난 아기는 그 시절의 영원한 증거가 되어 올해 초등학교에 입학했다. 그때의 기억은 뚜렷한 것이 별로 없다. 해가 지면 하루가 저물었고, 하루가 저물면 해가 졌다. 하지만 지독한 냄새를 풍기는 기억들. 아내가 집을 나간 것은 창호의 기일이 가까워졌기 때문이기도 했고, 그 며칠 전 소파세트 때문에 다퉜기 때문이기도 했다. 아내는 한 달쯤 전부터 새 소파세트를 열망했다. 아내는 세상 아무것도 달라진 것 없이 아들의 기일만을 맞이한다는 걸 견딜 수 없어 했다. 하지만 대체 새 소파세트 따위가 뭘 할 수 있단 말인가. 새 소파는 우리의 창백한 초상이었다. 시간이 갈수록 아내는 소파세트에 매달렸다. 마치 새 소파세트에 영성이라도 깃들어 있다고 생각하는 듯했다.
그 시절 아내는 종잡을 수 없는 종마였다. 그런 아내가 역겨웠
다. 아내는 동의 없이 새 소파세트를 들여놓았다. 창호의 기일이
일주일쯤 남았을 때였다. 퇴근하고 집으로 돌아가자 이태리에서
날아왔다는 감색 소파의 역겨운 가죽 냄새가 살아남은 자들을
모욕하며 거실을 넓게 차지하고 있었다. 아내는 팔짱을 낀 채
몸을 바들바들 떨며 창밖을 노려보고 있었다. 부엌에서 과도를
들고 나와 그 잔인한 색깔과 냄새에 수없이 흉터를 그어놓은 뒤
에야 귀를 막고 소리를 지르는 것이 창수라는 걸 알았다. 아내
는 소리를 지르고 달려들었다. 아내를 어떻게 넘어뜨렸는지는
기억이 나지 않는다. 그 감색 괴물을 처치한 뒤 전신거울에서
봤던 한 남자의 모습만 뚜렷하다. 남자는 손에 과도를 들고 있
었고, 오른쪽 어깨에서 소매까지 길게 찢긴 셔츠를 입은 채 멍
청히 서 있었다. 그자의 집 근처로 이사한 지 얼마 되지 않았을
때 쉽게 침범해 들어오곤 하던 것이 그런 기억이었다. 그런 기
억이 침입할 때마다 삶이 두려워지곤 했다.

　창호를 잃은 그해 가을 박선명은 아들을 데리고 동네에서 사
라졌다. 그뒤로 그를 만날 수 없었다. 그자를 다시 만난 것은 삼
년 전, 봄 햇살 가득한 횡단보도 위에서였다. 그자를 알아보지
못했을 때도 길 건너 서 있는 남자의 양복은 유난히 봄 햇살에
반짝거렸다. 그자는 머리가 좀더 벗어지고, 살이 더 붙고, 그 드
럼통 같은 몸에는 활력이 넘쳤다. 그자는 지휘하듯 허공에 손을

휘저으며 동료에게 뭔가 열심히 설명하고 있었다. 그자는 건강했고 그자의 동료의 양복도 고급이었다. 그자는 양복바지 주머니에 양손을 넣고 양복 아랫자락을 날개처럼 펼치고 걸었다. 그자는 열의에 들떠 있었다. 거리에 5월의 햇빛이 내려와 부서졌다. 그자는 입구를 검은 대리석으로 치장한 건물로 들어갔다. 오적(烏賊) 건설, 3F. 그 아래 오적(烏賊) 리조트개발, 2F. 왜 그랬을까? 그자가 사라진 로비의 명패 앞에서 분노 대신 몸에서 불필요한 것이 빠져나간 것 같은 상쾌함이 찾아왔던 것은.

윗마을 어귀로 들어서면 그자의 집까지 걸어서 이십 분 정도, 차로는 오 분 정도면 닿았다. 양쪽이 모두 숲인 진입로를 따라 올라가다보면 어느 순간 호화스러운 집들이 병풍이 펼쳐지듯 모습을 드러냈다. 박물관 같은 마을이었다. 갖가지 호화로운 집들이 늘어서 있지만 사람이 상주하는 집은 채 반이 되지 않았다. 호두나무가 우거진 공터에 차를 세우고 그자의 집을 바라보면 외부로 개방된 차고와 정원 일부, 커튼을 젖혀놓았을 때는 거실 안쪽이 들여다보였다. 기환이 거실에 서서 유리문으로 밖을 내다보고 있었다. 기환은 어딘가 모르게 우울했고 반항적이었다. 방학이 되어 집으로 돌아오면 집 안은 늘 불화에 휩싸이곤 했다. 아버지에게 얻어맞을 때는 소리 한 번 내지르지 않았다. 수업료를 노름으로 탕진하고 와 아버지에게 얻어맞을 때도 마을의 밤하늘을 갈라놓고 지나간 것은 빗자루가 두 동강 나도록 내리치는 박선명의 새된 목소리였다.

손가방에서 사진을 꺼내 보았다. 온천 커피숍에서 김영문과 박선명이 만나 이야기를 나누는 모습, 함께 식사하는 모습, 걸어가는 모습, 그밖에도 여러 장이었다. 허가가 나기까지 열흘 정도 걸릴 것이라 했다. 아침에 같은 과의 최영미는 마지막 더위가 시작된 거라며 성급하게 가을을 운운했다. 낮이 되면 여전히 뙤약볕이 내리쬐었다. 기환이 정원으로 나와 물끄러미 하늘을 올려다보았다. 열흘 뒤면 시간이 매듭지어진 걸 알리듯 여름이 물러갈까? 숲에서 쓰르라미가 울었다. 기환이 담배를 물고 정원을 서성거렸다. 여름이 길지 않을 듯했다. 조두용은 차를 돌려 아래로 내려갔다.

2장

정비소 앞마당에서 비질을 하던 진표가 빗자루를 세워놓고 다가왔다.

"아침부터 찐다, 쩌."

진표는 아침볕에 달아오른 사거리를 내다보며 얼굴을 찌푸렸다.

"그래도 시골은 봄여름이 좋아. 가을 되면 금세 추워져."

진표는 담배를 꺼내물었다.

"한 열흘 지나면 선선해진다던데?"

"요즘 날씨 누가 알아."

진표는 사거리 건너 갈매기집 쪽을 바라보았다.

"어제 그 새끼 차 찾아갔어?"

"그 꼴통?"

"응."

"다 해놨다니까 얼싸 좋다고 찾아가더라. 한 대 때려줄까 하다가……"

진표는 길게 담배연기를 내뱉었다.

"어떻게 생긴 놈인지 얼굴이나 봐둘걸."

"걱정 마. 보기 싫어도 보게 돼 있어. 또 금세 사고 치고 올 텐데 뭘."

"그 새끼, 진짜 마을에서 찍혔다는 거 모르나?"

"알면 그러고 살겠어? 꼴통이 달리 꼴통이냐……"

창수는 진표에게 담배를 얻어 불을 붙였다.

"학교 가?"

진표가 물었다.

"응, 교수가 상담을 하재서. 복학할 건지 말 건지."

"복학 안 해?"

"몰라, 아직."

"왜."

창수는 담배연기를 길게 내뱉었다.

"모르겠다. 왜 못 하는지."

"지랄은."

진표는 다시 갈매기집 쪽을 바라보았다.

"저녁에 갈 거지?"

"가지 뭐. 한잔 사시겠다는데."

"오늘은 내가 확실히 쏜다. 오늘은 아예 일찍 가자. 놈팽이들한테 자리 뺏기지 말고."

"그나저나 개업한 지 얼마 되지도 않았는데 장사 잘되나봐."

"다 그 아줌마 눈웃음치는 거 보러 오는 거라니까."

진표가 허탈하다는 듯 웃었다.

"너도 그렇잖아."

진표는 그 말을 무시했다. 그리고 갈매기집을 쳐다보다 바짝 다가와 속삭였다.

"야, 내가 어젯밤 곰곰이 생각해봤는데."

"응."

"술집 가서 술 마셔봐야 걔를 밖으로 불러낼 수 있는 것도 아니잖아."

"그래서."

"뭐 좋은 수 없을까?"

"좋은 수라니."

진표는 할 말을 숨기고 갈매기집을 바라보며 턱만 쓸었다.

"차 고치러 오기만 하면 되는데 말이야……"

"차 고치러 오면 어쩌려고."

"그럼 쉽지. 내가 해줄 수 있는 게 많잖아. 얘기도 좀 할 수 있고……"

"오겠지. 차 고장 나면."

"야, 그때까지 언제 기다려."

"그럼 뭘 어쩌겠다고."

진표는 웃음을 머금고 고개를 갸웃거렸다.

"무슨 생각 해?"

진표는 대답하지 않고 혼자 웃음을 머금더니 혼자 고개를 가로저었다.

"너 이상한 생각 하는 거지."

"이상한 생각은 무슨…… 일단 저녁에 술이나 마시러 가자. 가서 생각하지 뭐."

"생각하다니, 뭘."

"일단 술이나 먹자니까. 나 들어간다."

진표는 휘파람을 불며 안으로 들어갔다.

지도교수가 휴학한 학생들에게 면담을 요청했기 때문이었다. 버스를 타고 학교로 가며 교수 앞에서 대답할 말을 이리저리 궁리해보아도 마땅한 것이 떠오르지 않았다. 봄에 휴학계를 낼 때는 사정이 여의치 않아 학비를 벌어야 한다고 거짓말했다. 집에다가는 졸업반을 앞두고 한 학기나 한 해 휴학하며 모자란 공부를 보충하는 게 학생들 사이에서 유행처럼 번졌다고 속였다. 실상은 그저 졸업반에 올라가기가 두려웠기 때문이었다.

지난해부터 어두운 길에 오래 서 있었다는 막연한 느낌이 찾아왔다. 포연에 쫓겨 울음을 터뜨리며 걷는 베트남 여자아이의 모습에서 엿본 것도 그것이었다. 그 느낌은 지난해 내내 마음을 짓눌렀다. 그대로 졸업반에 올라갔다가는 휩쓸듯 흘러가는 시간 속에서 자신을 잃어버릴 것 같아 두려웠다. 봄에 휴학한 뒤 모색이라는 이름을 걸고 어떻게든 어두운 마음에서 벗어나려 했지만, 애초에 모호한 이유로 시작한 휴학이라서인지 뚜렷한 것 없이 한 학기가 지나자 현실에서 더 멀어졌다는 느낌만 남았다. 한 학기 더 휴학하며 어쨌든 졸업반에 올라갈 마음의 준비를 갖고 싶었지만, 더이상 휴학에 대해 핑곗거리가 없었다.

'교수 고희문'이라는 다섯 글자 아래 바람개비처럼 생긴 상황판은 '재실' 쪽을 가리키고 있었다. 문을 열고 들어가자 교수는 회전의자에 앉아 한쪽 발을 무릎에 올려놓고 발에서 뭔가 떼어내다 고개를 들어 쳐다보았다.

"조창수?"

"예."

"앉아."

교수는 자세를 고치며 책상 너머 의자를 권했다. 교수는 안경을 이마 위에 걸치고 책상 한쪽에 밀어두었던 자료를 눈앞으로 들어올렸다.

"보자…… 조창수, 조창수라…… 봄에 한 학기 휴학했고…… 봄엔 왜 휴학했었지?"

"학비를 좀 벌고 싶어서 휴학했습니다."

"집에 학비가 없었어?"

"제가 좀 보태야 할 것 같았습니다."

"그런 걸 하려면 저학년 때 해야지, 졸업반이 다 돼서 그런 거 할 시간이 어디 있어. 그래, 뭘 했는데?"

"아르바이트를 했습니다."

"돈 좀 벌었어?"

"도움은 될 것 같습니다."

교수는 다시 손에 든 자료를 들여다보았다.

"그런 거 말고 휴학하는 동안 영어 공부를 했다거나 자격증 시험을 봤다거나 뭐 그런 건 없어?"

"영어 공부도 좀 했습니다."

"토익은 봤어?"

"안 봤습니다."

"그럼 공부한 성과가 있었는지 무슨 수로 아나."

교수는 못마땅하다는 듯 자료를 내려놓았다.

"이번 학기 복학은 해야지."

그 물음에 답할 말이 없었다.

"왜, 안 할 생각이야?"

"아직 결정하지 못했습니다."

"방학이 다 끝나가는데 아직 결정을 못 했다니, 왜, 아직도 학비가 모자라?"

"아닙니다."

"그럼."

대답할 말이 없어 고개만 숙이고 있었다. 교수는 책상 위에서 호두알 두 개를 집어 손 안에서 빠각빠각 소리를 내며 굴렸다. 한동안 두 사람 사이에 그 소리만 울렸다.

“왜 대답이 없어. 묻잖아. 이유가 뭐냐고.”

교수는 이마에 올려놓았던 안경을 내려 썼다.

“곧 결정하겠습니다.”

“곧 결정하긴 이 사람아. 졸업반이 된 사람이 복학할지 말지도 결정 못 하고 있다니 말이 돼? 앞으로 결정하겠다고?”

“예.”

“자네, 복학할 마음이 없는 모양인데, 다시 휴학하고 싶으면 나부터 설득해. 학비 때문에 다시 휴학한다는 건 내가 용납 못 해. 좀 그럴싸한 이유를 갖고 와야지. 그리고 졸업반이라는 친구가 그렇게 계획도 없이 살아서 어쩌려고 그래. 자네 지금 사회에 나갈 때가 코앞이야.”

교수는 다시 한쪽 발을 무릎에 올려놓았다.

“지금 내가 왜 휴학한 학생들 불러다 이러고 있는 줄 모르지.”

아무 말도 않고 있었다.

“내가 지금 시간이 남아돌아서 이러고 있는 줄 알아? 내가 지금 고3 담임 짓을 하고 있어. 총장이 직접 나한테 지시를 했어. 졸업반들 단단히 단속하라고. 내 참…… 총장이 지금 머리끝까지 화가 나 있어. 졸업생들이 취직을 못 해서 신입생까지 안 들어온다고. 취직도 못 하는 학교에 누가 애를 들여보내겠어. 그래서 내가 자네 같은 친구들을 불러다 이러고 있는 거야. 고3 담임이 진학지도 하듯이. 알겠어?”

“예.”

교수는 길게 한숨을 내쉬고 등받이에 몸을 기댔다. 그리고 다시 몸을 일으켰다.

"이봐, 창수야."

"예."

"우리 학교가 말이야, 어떤 학교냐."

교수는 다시 호두알을 소리내어 굴렸다.

"우리 학교가 명문대야? 길 가는 사람 붙잡고 물어봐라. 우리 학교 이름 아는 사람 몇이나 있는지."

교수는 한동안 호두알만 굴렸다. 그러다 갑자기 목소리를 높였다.

"요즘은 서울대 나온 애들도 졸업하기 전엔 영어연수다 뭐다 해서 철저하게 준비를 해서 나와. 알아? 걔네들이 왜 그러겠어. 취직 걱정 때문에 그러는 줄 알아? 걔네가 취직 못 하면 대한민국에 취직할 사람 누가 있어. 다 이 사회가 지독한 경쟁사회란 걸 알기 때문에 그러는 거야. 너, 사회 나가서 밥 벌어먹고 살기가 쉬운 줄 아냐. 잠깐 한눈팔면 나락으로 떨어지는 게 이 사회야. 그런 애들도 그렇게 생각하는데 우리 같은 무명대학 다니는 학생이 한가하게 아르바이트나 하고 있어서 되겠어? 걔네들보다 몇 배, 몇십 배 더 노력해도 모자라. 안 그래? 누가 우리 같은 대학 졸업생을 후하게 반겨줘. 자격증이라도 몇 개 들고 다녀야 겨우 거들떠봐줄까 말까 해. 안 그러냐?"

"맞습니다."

"그런데 또 뚜렷한 이유 없이 휴학을 하겠단 말이야?"

"생각해보겠습니다."

"생각 좋다, 생각 많이 해서 밥이 나오냐, 떡이 나오냐. 너, 아까도 말했지만 다시 휴학하고 싶으면 일단 나부터 찾아와. 그전에! 이제 졸업반이면 계획도 구체적으로 세우고 좀 졸업반답게 살아."

교수는 책상 위의 자료를 들어 부채질하며 고개를 돌렸다.

"몇 배, 몇십 배, 죽도록 노력해야 돼. 알았어?"

교수는 혼잣말처럼 말했다.

"예."

"나가봐."

교수는 회전의자를 옆으로 돌려 창밖을 바라보았다. 교수 손안에서 굴러가는 호두알 소리가 이어졌다. 문을 닫고 밖으로 나가자 그 소리가 환청처럼 귀에 남아 있었다.

장마가 지나자 숲과 논의 빛깔이 부쩍 짙었다. 아침부터 친구 집에 가겠다고 따라나선 진서가 뒷좌석에서 창밖을 내다보다 숲에서 날아올라 길 건너 논으로 내려앉는 왜가리를 보고 말했다.

"큰 새다!"

"왜가리라는 새야. 저쪽에도 한 마리 있다."

진서는 고개를 돌려 한참 뒤를 돌아보았다. 논에 왜가리가 몇 마리 더 날아다녔다.

"개학 얼마 남았어?"

"이 주일."

"학교 가서 친구들 만나고 싶지 않아?"

"아니. 집에서 엄마랑 노는 게 더 좋아."

백미러 속에서 진서는 웃음을 터뜨렸다.

온천으로 올라가는 길가에는 봄에 벚꽃이 피었다. 늦봄에 그 길을 지나면 차 앞유리로 꽃잎이 졌다. 여름에는 검게 물든 버찌가 매달렸다. 그 길로 접어들었을 때, 문득 그 시절 떨어지는 꽃잎에서 최후를 떠올리곤 하던 자신의 모습이 떠올랐다. 바람이 불어 하늘에 꽃잎이 날면 이상스레 마지막 눈을 감을 때를 생각하곤 했다. 그때, 마지막 순간 앞에서 떠오르는 것은 부서지는 햇빛과 바람에 팔랑거리는 잎, 하늘을 날아 논바닥에 내려앉는 꽃잎들일 거라고 생각하며, 결국 풍경이야말로 삶의 가장 유력한 증거로 남을 것이라 여겼다. 그때는 눈앞에 박선명을 두고도 아무런 수단을 발견하지 못한 때였다. 사진과 오디오 파일을 모두 손에 넣은 아침이라 마음이 사치를 부리는 걸까? 창밖으로 벚나무들이 지나가자 그때 그 모습이 가여웠다. 그리고 아침에 잠시 그려보았던 바다를 떠올렸다.

바다 또한 마음의 호사일지 몰랐다. 바다는 집을 나설 때 문득 마음속으로 들어와 쉽게 벗어나지 않았다. 그때 마음속으로 들어온 것은 소금기를 머금은 바닷바람, 아무리 소리를 질러도 메아리가 일어나지 않는 그 텅 빈 공간이 아니었다. 바다가 떠오른 것은 그저 집 뒤쪽 공터로 올라가 차에 오를 때 뒤돌아본 마을이 불현듯 낯설고, 좁고, 그리하여 뭔가 답답함을 불러일으켰기 때문이었다. 차를 몰고 마을길을 내려가 도로에 닿았을 때는 심지어 언젠가 마을을 떠난다면 다음 목적지는 바다일 거라고 생각했다.

바다에 가고 싶다면 바다에 가면 그뿐이었다. 하지만 그 쉬운 바다에 왜 우리는 한 번도 가지 못했을까. 왜 누구도 그동안 가족여행을 말하지 않았을까. 눈앞에 햇빛이 부서졌다. 여름이 창호의 기일과 함께 시작되기 때문이었다.

"아침부터 덥다."

창으로 들어오는 바람을 맞으며 진서가 말했다.

하지만 변명이었다. 첫 몇 해에 그것은 변명이 아니었다. 하지만 그뒤로 그것은 변명이었다. 아내와 창수는 가족휴가라는 말이 불러일으키는 불편함을 받아들이고 싶지 않았을 것이다. 진서는 여덟 살이 된 올해까지 바다에 가보지 못했다. 어쨌든 변명이었다. 아내가 진서 얘기를 꺼냈을 때도 우리는 진서를 위해 바다에 가자고 하지 않았다.

"친구가 바다에 갔다 와서 자랑을 한다고 입이 삐죽 나왔어."

그때 아내는 씁쓸한 웃음을 머금었다. 우리는 씁쓸함에 익숙했고, 씁쓸함을 이해했다. 진서 말대로 아침부터 볕이 뜨거웠다.

"진서야."

"응?"

"우리 올여름에 바다에 한번 갈까?"

"응."

창밖을 내다보던 진서가 조심스럽게 앞좌석 쪽으로 몸을 기울였다.

"바다 가고 싶어?"

"응! 다른 애들은 다 가봤는데 나만 못 갔어."

진서는 울상을 지으며 앞좌석 쪽으로 좀더 몸을 기울였다.

"그럼 우리도 한번 갈까?"

"야호! 언제?"

"글쎄다. 아버지가 회사에서 휴가부터 얻어야 되니까 며칠 걸릴 거야."

"그래도 가긴 가는 거지?"

"진서가 가자는데 가야지."

"야호—"

진서는 두 손을 번쩍 들고 엉덩방아를 찧었다. 그 모습이 서글픔을 불러일으켰다.

"근데 참 이상해. 엄마도 며칠 전에 바다에 가고 싶다고 했어."

"엄마가? 엄만 여행 별로 안 좋아하는데."

"아니야, 진짜 그랬어!"

"뭐라 그랬는데."

"아버지한테 말해서 바다에 한번 갈까? 그랬어!"

　진서는 목소리를 높였다. 그것은 뜻밖이었다. 비슷한 때에 같은 걸 떠올렸다는 것도 그러했지만, 집 밖으로 나다니기 싫어하는 아내가 여행을 계획했다는 것이 더욱 그랬다.

　"바다에 가면 뭐 하고 싶어?"

　"응— 수영도 하고 조개껍데기도 줍고, 응— 모래…… 그 뭐더라?"

　"모래성?"

　"응. 모래성도 만들고!"

　"아니 우리 진서가 수영도 할 줄 알아?"

　"아니. 가르쳐줘!"

　진서는 웃음을 터뜨리며 뒷좌석으로 몸을 던졌다. 다시 서글픔이 올라오려는 것을 창문을 열어 바깥바람을 맞아들이며 짓눌렀다.

　젊을 때 아내는 물고기 같았다. 아내는 여행을 좋아했고, 여행길에 오른 모습이 잘 어울렸다. 숲이든 계곡이든, 풍경을 바라보고 있으면 아내는 언제든 그 안으로 풍덩 뛰어들 것 같았다. 창호의 일 뒤로 아내는 집 밖으로도 잘 나가지 않았다. 시가지로 뻗은 지방도로로 올라서자 숲에서 매미가 세차게 울었다.

　바다 여행을 결정하니 뭔가 마음을 무겁게 눌렀다. 조수석에서 햇볕을 받고 있는 손가방 때문이란 걸 안 뒤로 애써 그쪽을 외면했다. 아스팔트 위로 햇빛이 부서졌다. 진서는 가는 내내 들떠 있었다. 친구 집 앞 골목에 차를 세우자 신이 나 골목 안으로 뛰어들어갔다. 그 뒤에는 다시 손가방만이 남았다. 사진과 오디오 파일을 모두 손에 넣은 첫 아침이었다. 조수석에서 볕을 받고 있는 손가방이 갑자기 낯설었다.

시가지에서 청사 건물을 바라보면, 그 지나치게 화려한 건물이 둘레의 건물들 사이에서 홀로 솟아 군림하고 있다는 느낌을 받곤 했다. 새 청사를 지은 것은 삼 년 전이었다. 시에서는 그 청사가 2000년대에 도약할 K시의 비전을 품고 있다고 선전했다. 하지만 지나치게 화려했다. 2000년대 도시의 비전이라는 것은 전통적인 농촌 지역인 K시를 도시화해보겠다는 뜻 이상이 아니었다. 몇 해 전만 해도 사람들에게 알려지지 않은 작은 휴양지였던 D온천을 크게 개발해 시의 7대 명소 중 하나로 부각해보겠다는 것도 비슷한 뜻이었다. 청사 안에는 늘 그런 이야기들이 넘쳤다. 직원들은 늘 그런 이야기에 들떠 있었다.

주차장에 차를 세우고 후문으로 들어서자 엘리베이터 앞에 다른 사람보다 키가 반 뼘쯤 큰 김영문이 사람들 사이에서 고개를 내밀고 서 있었다.

"죽겠네, 이거."

왼손으로 오른쪽 어깨 뒤를 잡아당기자 곁에 있던 동료가 그곳을 주먹으로 두드렸다.

"어제도 필드 나갔어?"

"무슨…… 몸이 이런데."

김영문은 천천히 목을 한 바퀴 돌렸다.

"병원 가봐. 요즘 직장인들 중에 목 디스크 온 사람들 많대."

"침은 맞았는데……"

"뭐래?"

"컴퓨터 앞에 너무 오래 앉아 있지 말래. 한 시간 일하고 십 분 쉬고, 쉬면서 목을 열 바퀴씩 돌리래나 뭐래나. 근데 침도 모르겠더구먼. 그때 잠깐 괜찮더니 다음날 되니까 또 아니야."

"꾸준히 맞아야지. 한 번에 되나."

"그럴 시간이 어디 있어."

엘리베이터가 멈추어 서자 사람들은 모두 안으로 들어갔다. 열흘쯤이면 될까. 김영문을 보며 그렇게 생각했다. 어쩌면 일주일이면 허가가 날지도 모른다. 김영문은 엘리베이터 안에서도 천천히 고개를 돌렸다.

언젠가 그자가 자리를 비웠을 때 책상 위 가족사진을 엿본 일이 있었다. 아내와 아들 둘, 그렇게 네 식구였다. 큰아들은 고등학생쯤 되어 보였고, 작은아들은 중학생쯤 되어 보였다. 해외 어딘가 바닷가에서 찍은 것이었다. 두 아들은 얼굴에 모래를 잔뜩 묻히고 개구쟁이처럼 웃고 있었다. 사진 속에서 그자의 얼굴을 지우고, 세 사람만 남은 가족을 생각했다. 평범한 중년여자 모습인 그자의 아내에게서는 연민이랄 게 일어나지 않았지만 소도둑처럼 생긴 두 아들의 모습이 연민을 자아냈다. 웃는 얼굴에다, 멈춘 모습이라 그랬을지 몰랐다. 하지만 연민은 김영문에게로 시선을 옮겼을 때 쉽게 사라졌다.

그자는 뒤에서 부정한 거래를 하고 있으면서도 일터에서 너무 당당했고 늘 열의에 들떠 있었다. 그는 늘 돈에 대해 떠들었다. 사층 휴게실에서 우연히 그를 보면, 그는 대체로 돈을 화제에 올리고 있었다. 그날도 그는 자리에 돌아오자마자 돈에 대해 얘기했다. 자리를 비운 사이에 누군가에게 듣고 온 얘기인 듯, 그는 '돈의 흐름'에 대해 신중히 운을 뗀 뒤 귀가 솔깃한 사람들에게 돈이 부동산 쪽으로 흘러가고 있다는 걸 비밀스럽게 역설했다. 그런 모습이 역겨웠다.

김영문은 고개를 돌리며 사층에서 내렸다.

육층에서 내려 자리에 앉자마자 손가방을 서랍에 넣어 잠갔다. 그자들을 고발한 뒤 바다로 떠나는 모습을 상상했다. 열흘 뒤? 그쯤이면 아직 늦여름 햇살이 사람들을 괴롭힐 것이다. 블라인드를 열어 창밖을 내다보았을 때, 아내가 바다에 가고 싶다고 했다는 말이 묘한 울림이 되어 남아 있다는 걸 깨달았다.

"십 년이란 게 무슨 의미야. 나한텐 아무 의미가 없어. 난 똑같아."

그렇게 말한 바 있었다. 지난 기일, 일찍 잠자리에 들어서였다.

창밖에 아침 햇살이 부서졌다. 바다는 휴가철이 지나 한산할 것이었다. 바닷가에 선 네 식구를 떠올렸다. 바닷바람이 불어오면 모두 앞섶을 여몄다. 우리는 바다를 받아들일 수 있을까? 다가오는 파도를 바라보며 어떤 해방감이 밀려드는 걸 거부할 수 있을까?

아내에게서 전화가 온 것은 점심시간이 다 되어서였다.

"병원에 갔었는데……"

간밤에 배가 아프다며 앓는 소리를 내기에 병원에 가라고 단단히 일러두고 나온 터였다.

"근데."

"담에 돌이 있대."

"담? 담석?"

"응."

"그래서."

"수술해야 된대."

"이런…… 그러게 제때 병원에 가랬더니. 심하대?"

"아니. 많진 않대."

"언제 하래?"

"당장. 바로 입원해서 검사 받고 내일 수술할 수 있대."

"그럼 여러 생각 할 거 없이 당장 입원해."

"그러려고. 집에 가서 속옷이라도 좀 가지고 오려고."

"갈 수 있겠어?"

"진통제 맞았어."

"수술이란 게 개복한다는 거야?"

"아니. 요즘은 복강경수술이래."

"참 나…… 거봐, 당신도 이제 제때 건강검진 받고 그래야 돼. 집엔 안 가면 안 돼? 가져올 거 있으면 내가 들렀다 가면 되잖아."

"진서도 데려다 유경이한테 부탁해야 되고."

"내가 데려다줘도 되잖아."

"며칠 있을 텐데 엄마가 데려다줘야지."

"어쨌든 갔다 곧바로 입원수속 밟아. 지금 어디야?"

"병원 앞이야. 버스정류장."

"병원 가자마자 전화해. 난 퇴근하고 곧장 그리로 갈 테니까."

아내는 전화를 끊었다. 오전 내내 아물거리던 바다 풍경은 거기에서 물러났다.

병원에 가 의사를 찾으니 나이가 지긋한 의사가 맞았다.

"돌이 잘 생기는 체질이 있습니다. 젊은 사람들 중에도 그런 사람 꽤 됩니다. 크게 걱정하실 건 없고, 일단 내일 수술하고, 회복 경과 봐가면서 이르면 한 이틀 뒤에 퇴원할 수 있습니다."

"그 사람이 평생 수술 같은 거 한 번 안 받은 사람이라."

"걱정 마세요. 힘든 수술이 아니니까요. 굳이 염려할 게 있다면, 간혹 수술중에 출혈이 생길 때가 있다는 건데, 그럴 때도 저희가 다 대비합니다. 어쨌든 그런 건 저희가 다 알아서 하니까 걱정하실 필요 없습니다."

의사는 걱정할 것 없다는 뜻을 부드러운 웃음으로 표현했다.

아내의 침대에는 '금식'이라고 쓴 팻말이 걸려 있었다. 아내는 침대에 누워 신문을 읽고 있었다.

"좀 어때?"

아내는 신문을 접고 침대를 일으켜달라고 하더니 몸을 일으키자 가볍게 한숨을 내쉬었다.

"괜찮아."

환자복을 입으니 아내가 수척해 보였다.

"안 아파?"

"괜찮아. 진통제 맞았잖아."

육 인실이었다. 옆 침대에 늙은 할머니가 가늘게 숨을 내쉬고 있었다.

"수면마취라지?"

"응."

"의사 만나고 왔는데 크게 걱정할 건 없다네. 경과 봐서 한 이틀 뒤면 퇴원할 수 있대."

"괜찮아. 큰 수술 아니더라고."

"어쩌다 담에 돌이 생겼어……"

아내는 아무 말도 하지 않았다.

"뭐 필요한 거 없어?"

"없어. 오면서 내가 다 샀어."

창가 에어컨 위에 신문과 물티슈, 생수병이 있었다.

"창수한테 말했어?"

아내가 물었다.

"못 했지. 집에 가서 해야지."

"얘기하지 마. 그냥 나 혼자 있다 나갈래."

“내일 수술 들어갈 땐 어떡하려고.”

“혼자 들어가지 뭐. 그게 뭐 대순가.”

“그래도 그게 아니야. 아들이 엄마 수술 받는데 모르고 있으면 어떡해.”

“괜히 신경쓰게 하기 싫어. 퇴원해서나 살짝 얘기하면 되지 뭐.”

“그게 아니래도……”

아내는 창백한 얼굴을 들어 병실 벽에 걸린 텔레비전 화면을 올려다보았다.

“사람들한테 물어봤는데 다들 수술실로 들어가는 게 그렇게 서글프대. 누가 있어야 돼.”

“서글플 것도 많다. 난 괜찮아. 수술, 한 시간이면 끝난대. 어차피 수면마취 할 건데 자면 아무것도 모르는 거지.”

“참, 배짱 한번 좋네. 정말이야?”

아내는 고개를 끄덕였다.

“난 창수라도 있어야 할 것 같은데……”

“됐어. 난 이미 결정했으니까 자꾸 이야기 꺼내지 마.”

옆 침대 곁의 의자를 끌어다 아내 침대 곁에 앉았다. 맞은편 침대에는 중년여자가 돋보기안경을 쓰고 뜨개질을 하고 있었다. 여자의 한쪽 다리가 무릎까지밖에 없었다.

“좀 넓은 데 하지 그랬어.”

“나 같은 환자가 좋은 데 차지해서 뭐해. 그럴 만한 사람들이 차지해야지."

"빨리 나아. 진서한테 올여름에 바다에 가자고 했어."

"진짜구나. 아까 진서 데려다주는데 아버지가 바다 가자고 했다고 신이 나 있더라고."

"바다 가면 좋지, 뭐. 당신도 바다 가고 싶다고 했다며?"

"나? 아니."

"진서가 그러던데?"

"아— 그거야 진서가 친구들은 다 바다 갔다고 해서 달래려고 한 소리지."

"왜, 바다 싫어?"

"바다는 무슨."

"바다가 어때서. 우리 여행 간 지도 오래됐잖아."

"바다는 싫어. 너무 번잡해."

"휴가 얻으려면 한 열흘 걸려. 그때 가면 한산하잖아."

"휴가 얻을 수 있어?"

"왜 못 얻어. 남들 다 얻는데. 잘됐어. 당신 나으면 진서 데리고 가자고."

아내는 아무 말도 하지 않았다.

"진서한테도 미안하잖아. 학교 들어갈 때까지 바다 한 번 못 간 애가 어디 있어."

그때 뜻밖에도 아내는 눈물을 글썽였다. 아내는 곁에서 티슈를 뽑아 눈자위를 닦았다.

"바다 가자는데 울긴 왜 울어……"

아내는 고개를 들었다. 아내의 눈자위가 붉게 물들어 있었다.

"가. 바다 가면 좋지 뭐."

아내의 등을 토닥거렸다. 아내는 다시 티슈로 눈자위를 닦았다.

저녁이라 무료한 환자들이 병실 밖 복도를 어슬렁거렸다. 맞은편 중년여자는 한마디 말도 없이 뜨개질만 하고 있었다. 창밖이 병원 가로등 불빛으로 노랗게 물들었다. 아래를 내려다보니 환자복을 입은 사람들이 저녁 바람을 쐬며 병원 앞 정원을 걷고 있었다.

"그럼 창수한텐 뭐라 그래. 어디 여행갔다 그래?"

"당신이 좀 알아서 해."

"걔가 그걸 믿을까?"

"그럼 유경이네 며칠 갔다 온다 그러든가."

"진서가 뻔히 아는데 그런 얘길 어떻게 해."

"외할아버지 뵈러 며칠 갔다 그래."

"참…… 못 할 짓이군. 난 아무래도 창수라도 오는 게 나을 거 같은데."

"그 얘긴 그만해. 이미 결정했으니까. 참, 창수 걔 이번 학기 복학한대?"

"말 없던데?"

"걘 통 말이 없어. 방학이 다 끝나가는데."

"알아서 하겠지. 다 제 속이 있는 놈이야."

"걔도 속에 든 게 많은 애야."

"그야 할 수 없지. 그러면서 다 제 앞가림하는 거지."

"하여튼…… 우리 집 남자들은 말을 안 해서 탈이야."

"잘만 하잖아."

"평소에 말이야."

아내는 눈을 흘겼다.

간호사가 들어와 환자들을 돌며 약을 주고 주사를 놓았다. 맞은편 중년여자는 입원한 지 오래인지 간호사와 허물없이 사소한 이야기들을 주고받았다. 아내가 입모양만으로 '당뇨래'하고 말했다. 간호사는 아내에게 다가와 체온과 혈압을 쟀다.

"내일 이 사람이 수술실로 혼자 들어가겠다는데, 괜찮겠어요?"

"왜요, 오실 분 없으세요?"

"혼자 들어가겠다고 고집을 부려서."

"그래도 마음이 그렇지 않은데. 뭐, 환자분께서 괜찮다면야 상관없죠."

"그런 사람도 있어요?"

"바쁘면 못 오는 거죠. 가끔 그런 분들 있어요."

"어쨌든 이 사람이 그렇게 하겠다고 하니까, 내일 잘 좀 부탁해요."

"네, 오래 걸리지 않을 거예요. 자고 일어나면 다 끝났을 텐데요, 뭐."

간호사는 아내를 보며 웃어 보이고는 옆 침대로 옮겨 갔다.

"이제 당신 가."

아내는 혈압을 재며 누웠던 그대로 시트를 가슴까지 끌어올렸다.

"괜찮겠어?"

"괜찮아. 며칠 혼자 지낸다, 생각하고 있을 거야. 진서 방학이라 혼자 있을 시간도 없잖아."

"어쨌든 씩씩해서 다행이야."

"밥 잘 챙겨 먹어. 봐가며 유경이가 한번 갈 거야."

"신경쓸 거 없어. 다 큰 아들도 있는데 뭐."

"그럼 들어가."

아내는 다시 시트를 끌어올리며 반쯤 눈을 감았다.

저녁 바람이 시원했다. 들어올 때만 해도 빼곡하던 주차장에 차가 몇 대 남아 있지 않았다. 울타리로 쓰는 관목들 사이에서 쓰르라미가 울었다. 차문을 열고 들어가 한동안 어두운 주차장 안을 바라보았다. 곁에 손가방이 있었다. 길 건너 상가에 불빛들이 화려했다. 머릿속으로 한동안 긴 이명이 지나갔다.

고등학교 때 그 어둡던 수영장 바닥에 내려갔던 것은 열여섯 살 어린 진서 때문이었다. 한 해가 지나 창호의 첫 기일이 가까웠을 때 어머니는 사흘 동안 집을 나갔다 돌아와 그해 가을 진서를 가졌다. 중학교를 마칠 무렵이었다. 어느 날 아버지는 저녁 식사 뒤에 마당으로 불러 그 소식을 알려주었다.

"너 동생 볼지도 모르겠다."

아버지는 기쁜 것도 아니고 그렇다고 기분 나쁠 거야 더욱이 없다는 얼굴로 무덤덤하게 말했다. 저녁을 먹고 난 뒤라 마당은 어두웠다. 그때까지만 해도 아버지는 담배를 피웠다. 아버지는 그렇게 말한 뒤 쑥스러워서인지 또는 다른 이유에서인지 감나무를 올려다보며 늘어진 가지를 만지작거렸다.

"네 엄마 나이가 있으니까 앞으로 집안일 좀 많이 거들어."

아버지가 바란 것은 아닌 듯했다. 그때는 그저 뜻밖이었다. 아기를 가질 거라면 하나 남은 아들의 의견쯤은 미리 물었어야 했다고 생각한 것은 훗날이었다. 그저 뜻밖일 뿐이었다. 어머니는 그해 마흔네 살이었다. 거실 유리문 너머 주방에서 어머니가 혼자 밥상을 치우고 있었다. 어두운 마당에서 밝은 쪽을 들여다봐서인지 유난히 어머니가 외로워 보였다.

"네 엄마가 적적한가봐. 네가 이해해라."

아버지는 그렇게 말했다. 저녁 어둠이 드리운 탓에 아버지 얼굴이 어두웠다. 하긴 그때는 모두 어두웠다. 하나의 생명이 싹을 틔워 새 식구가 생길 거라는 소식 앞에서 식구들은 모두 어두웠다.

창호의 자리를 누군가 차지하는 것이 싫었다. 창호를 연민할 수 없는 사람이 차지하는 것은 더욱 싫었다. 시간이 흐를수록 아버지와 어머니의 선택은 불쾌감을 자아냈다. 그런 식으로 쉽게 생명을 만들어내는 어른들의 성(性)도 싫었다. 아버지와 어머니를 싫어했다.

아기가 태어났을 때도 아기를 좋아하지 않았다. 오빠로서 동생을 싫어한다는 사실은 죄책감을 불러일으켰다. 어머니는 끔찍이 아기를 사랑했다. 돌이켜보면 그때도 아버지는 어딘가 어두운 데가 있었다.

어머니도 아기의 오빠가 아기를 좋아하지 않는다는 걸 알고 있었다. 새 생명을 기쁘게 맞아들이기에는 그 자리에 지워야 할 것이 많았다. 고등학교 시절 집에 갓난아기가 있다는 걸 들키기 싫어 집에 친구를 데려오지도 않았다. 그 녀석이 아니었다면 아마도 고등학교 시절 내내 동생을 숨길 수 있었을 것이었다.

고등학교 체육관 뒤에는 여름만 지나면 그저 시멘트 구덩이일 뿐인 야외 수영장이 있었다. 고등학교 이학년 때였다. 우연히 생활기록부의 가족관계란을 훔쳐본 녀석이 열여섯 살 어린 동생이 있다는 걸 떠벌리고 다녔다. 이상스레 모난 녀석이었다. 동생 얘기를 싫어한다는 걸 안 뒤로는 더욱 집요하게 묻곤 했다.

"찌찌는 뗐나?"

그렇게 묻고 웃음을 터뜨리며 지나가곤 했다.

따지고 보면 별것도 아닌 일이 아이들 사이에서 웃음거리가 되었다. 그런 동생이 있다고 쉽게 인정해버리면 될 것을 그렇게 하지 않았다. 부인하지도 않았다. 그저 사람들 입에 동생 얘기가 오르는 것이 싫었다.

방과 후 해질 무렵 녀석을 어두운 수영장 바닥으로 데리고 가 귀가 찢어질 때까지 때렸다. 수영장 바닥에서 기어나왔을 때는 혼자였다. 교정은 어둠에 잠겨 있었다. 어딘가 어두운 길을 걷고 있다는 느낌은 지난해 찾아든 것이었지만, 실은 그때 그 어두운 교정을 보며 처음 느낀 것이었다.

해가 져 골목길이 어두웠다. 정비소로 내려가니 내실 가까이에서 진표가 웃음을 머금고 다가왔다.

"가자."

진표는 곧장 앞장서 밖으로 걸어갔다.

"좋은 수 생각해봤어?"

뒤를 따르며 물었다.

"좋은 수라……"

진표는 그렇게만 말하고 더이상 덧붙이지 않았다. 진표는 전날처럼 가게 안으로 들어가기 전 멈추어 서서 안을 들여다보았다. 안에 여자아이가 있다는 걸 확인한 뒤 문을 열고 들어갔다. 안에는 중년남자 둘이 앉아 술을 마시고 있을 뿐이었다. 여주인은 진표를 알아보고 다가와 활짝 웃으며 환대했다.

"아이고 다시 오셨네. 어젠 정말 죄송했어요."

주인은 두 사람을 테이블로 안내했다.

"혜림아!"

주인은 딸을 그렇게 불렀다. 혜림이 다가와 물과 물수건을 내려놓았다. 그리고 진표 옆에서 주문을 받을 때까지 기다리며 서 있었다.

"뭐가 맛있어요?"

진표는 벽에 붙어 있는 메뉴를 천천히 훑어보았다.

"갈매기살 많이 드세요."

"갈매기살이라……"

혜림이 곁에 서 있는 시간을 어떻게든 늘려보겠다는 뜻이 역력했다.

"갈매기살이 맛있어요?"

"예."

혜림은 성가시다는 듯 대답하고 진표가 주문할 동안 다른 곳을 쳐다보았다.

"갈매기살 특은 없어요?"

메뉴에 그런 것은 없었다. 혜림은 대답하지 않았다.

"스페셜, 이런 거 없죠?"

혜림은 어이없다는 듯 드러내지 않을 만큼 작게 콧방귀를 뀌었다.

"없어요?"

"보시면 알잖아요."

진표는 다시 천천히 메뉴를 훑었다.

"그럼 할 수 없이 보통 시켜야겠다. 너, 보통 할래?"

"보통밖에 없잖아."

“그럼 보통 둘 주세요. 소주하고.”

혜림이 냉큼 돌아가 쟁반을 소리나게 내려놓자 뒤에서 진표가 입을 막고 웃음을 터뜨렸다. 곧 다시 혜림이 와 반찬을 늘어놓았다. 혜림이 돌아가자 진표는 자리에서 일어나 주인에게 다가갔다.

“제가 술 마시면 잊어버릴 것 같아서 미리 드리는데……”

진표는 명함을 내밀었다.

“아, 예. 요 앞, 삼일 자동차랬죠?”

“예. 차 고칠 거 있으면 오세요. 잘해드릴 테니까.”

“꼭 갈게요. 안 그래도 차가 좀 오래돼서, 가끔 말썽이 나요.”

“얼마나 됐는데요?”

“한 칠팔 년? 그래도 아직은 괜찮은 것 같던데……”

“한번 갖고 오세요. 제가 봐드릴 테니.”

“예, 그럴게요. 고기 많이 드릴 테니 맛있게 드세요.”

진표는 자리로 돌아왔다.

술을 마시는 동안에도 진표는 혜림을 훔쳐보곤 했다. 혜림은 그런 시선을 느꼈는지 아예 주방에 들어가 있다가, 밖으로 나와 진표를 등지고 어둠뿐인 가게 바깥을 바라보았다. 진표는 반찬을 더 갖다달라느니 술이 비었다느니 하며 여러 번 혜림을 불렀다. 술자리를 마칠 무렵 혜림은 아예 구석 자리로 가 야무지게 팔짱을 끼고 신문을 들여다보았다.

밖으로 나가서 진표는 몇 걸음 떼다 돌아서서 주황빛 간판 불

빛을 바라보았다. 간판을 바라보는 얼굴에 술자리에서와 다른
기색이 서려 있었다. 다시 돌아서서 천천히 사거리 쪽으로 걷다
멈추어 서서 갈매기집 뒤편 주차장을 바라보았다.

"왜?"

진표는 미묘한 웃음을 머금고 있었다.

"왜 그러고 서 있어?"

진표는 주차장에서 눈을 떼고 돌아섰다.

"야, 오늘 내가 사고 한번 칠까?"

"사고?"

"그 아줌마 차가 저기 저거거든."

진표는 어둠 속에 서 있는 오래된 자주색 차를 가리켰다.

"그래서."

"호박이 그냥 굴러들어오냐. 가서 따야 들어오지."

"따다니?"

진표는 다시 주차장 쪽으로 돌아서서 자주색 차를 바라보며
아무 말도 하지 않았다. 선선한 바람이 지나갔다.

"내가 이걸 가져왔거든."

진표는 주머니에서 송곳을 꺼냈다.

"뭐 하려는 거야?"

"그냥 타이어에 구멍이나 하나 내놓을까 하고."

"미쳤어?"

"타이어 갈러 오면 공짜로 하나 바꿔주면 되잖아. 헌 타이어,

새 타이어로 갈아준다는데 뭐가 나빠."

"사고 나면 어쩌려고."

"사고가 왜 나."

"진짜야?"

"사고는 안 나. 그런 건 걱정할 거 없고."

진표는 다시 자주색 차를 바라보았다.

"너 여기 잠깐 기다리고 있어."

진표는 주차장으로 어슬렁거리며 들어가 자주색 차 곁에 몸을 숨겼다. 그리고 금세 일어나 아무 일 없었다는 듯 걸어나와 빠르게 사거리 쪽으로 걸음을 옮겼다.

"잘한다."

"너 아무한테도 말하면 안 돼. 알았어?"

"여자 때문에 별짓을 다 하는구나."

"그래야 뭐라도 생기지. 가만히 있어서 뭐가 돼?"

"집으로 안 가고 파출소로 갈까봐."

진표는 뒤를 돌아 창수를 보며 손가락을 세워 입에 갖다댔다.

하지만 다음날 정비소에 들렀을 때 진표는 밖으로 나와 하늘을 쳐다보며 길게 한숨을 내쉬었다. 마당에 전날 보았던 자주색 차가 서 있었다.

"왔나보네?"

진표는 담배를 물고 하늘을 향해 길게 연기를 내뿜었다.

"왔는데."

"근데."

"아줌마가 왔어."

진표는 얼굴을 찌푸렸다.

"아줌마만 운전하는 거 아냐?"

"걔가 몰고 가는 거 몇 번 봤어."

"그럼 가지러 올 때 올지도 모르네."

"다 갈아 끼우면 주차장에 세워놓으래."

진표는 얼굴을 찡그리고 창수를 쳐다보았다.

"그러게. 마음을 곱게 써야지."

창수가 머리를 쓰다듬자 진표는 담배를 휙 던지고 안으로 들어가며 외쳤다.

"오늘도 어지간히 덥겠다!"

3장

사거리 가운데에서 버스가 멈추어 서자, 버스 안의 사람들은 고개를 내밀어 앞을 내다보았다. 버스 앞을 지나간 차가 다른 차와 부딪친 것은 앞쪽이 아니라 갈매기집이 있는 동쪽 모서리에서였다. 사거리 가운데에 차를 멈추어 세운 기사나 두 차가 부딪치는 소리에 그쪽으로 고개를 돌린 승객들 모두 한동안 말없이 서 있는 두 차를 바라보고 있었다.

사거리를 지나가던 사람들도 걸음을 멈추고 두 차를 쳐다보았다. 온천 쪽에서 내려와 사거리를 가로질러 간 흰 소나타의 앞쪽 범퍼가 도로 위에 잔해를 남기며 부서져 있었고, 자주색 차의 앞쪽 옆면이 움푹 패어 있었다.

밖으로 먼저 나온 것은 흰 소나타에 타고 있던 몸이 투실투실한 청년이었다. 청년은 찌푸린 얼굴로 차 앞으로 나가 부서진 범퍼와 상대 차의 상태를 확인하고는 허리에 양손을 얹고 하늘을 올려다보며 한숨을 내쉬었다. 청년은 하늘을 바라보다 자주색 차 쪽으로 걸어가 사거리에서 지켜보는 사람들이 모두 들을 수 있는 목소리로 외쳤다.

"직진하는 차가 지나가고 나서 들어와야죠!"

두 차 모두 눈에 익은 것이어서 창수는 그쪽으로 다가갔다. 버스 안에서 흰 소나타가 눈에 들어온 것은 그 차가 신호등이 없는 사거리를 질주하듯 지나갔기 때문이었다. 버스 앞을 지난 뒤 동쪽 모서리에서 다른 차와 부딪친 것은 순식간이었다. 버스 안의 승객들이 그 사고를 목격하게 된 것도 버스가 지나치게 빨리 달리는 흰 소나타 때문에 사거리 가운데에서 멈추었기 때문이었다.

정비소 쪽에서 진표가 성마른 걸음으로 달려왔다. 두 차 주변으로 다가간 사람들은 흰 소나타가 위험하게 질주하는 걸 보고는 청년의 대응이 궁금해 모인 사람들인 듯했다. 사람들은 투실투실한 청년의 태도를 주시했다.

자주색 차의 운전자는 밖으로 나오지 않았다. 진표가 그쪽으로 가 문을 열고 운전자의 안위를 물었다. 혜림은 운전석 등받이에 몸을 기댄 채 눈을 감고 있었다.

"괜찮아요?"

진표가 거듭 물었다. 혜림은 눈을 감고 움직이지 않았다.

사고라고는 하지만, 직진하던 차가 우회전하며 진입하던 차의 옆면을 받아 멈추어 선 정도였기에, 주변에 모인 사람들도 딱히 운전자의 안위는 걱정하지 않는 듯했다.

"아니, 차가 오는지 보고 들어가야 될 거 아니에요!"

청년은 그렇게 소리치고는 한 손은 허리에 얹고 다른 손은 두 손가락만 펴 이마를 짚었다.

"가만있어봐요. 사람이 다쳤을지도 모르잖아요!"

진표가 뒤돌아 청년을 보며 소리쳤다.

"살짝 부딪친 건데 뭘……"

청년은 사람들에게 벗어나 먼 산을 보며 길게 한숨을 내쉬었다.

혜림이 천천히 걸어나와 상대 차의 부서진 범퍼와 움푹 팬 자기 차의 옆면을 살폈다.

"봤어요. 봤는데, 어찌나 빨리 오던지."

혜림은 울먹이는 목소리로 그렇게 말했다.

"빨리 오긴 누가 빨리 왔다 그래요."

청년이 멀리 떨어져서 혜림을 보며 중얼거렸다.

"엄청시리 빨리 가는 거 우리도 다 봤어."

곁에 있던 아저씨가 청년에게 말했다. 청년은 아저씨를 흘끗 보다 고개를 돌려 다시 먼 산을 바라보았다.

"그리고 내가 먼저 들어갔어요. 앞에 차가 있으면 멈춰야죠."

혜림이 차체에 몸을 기대고 말했다.

"우회전하는 차는 직진하는 차가 지나가고 나서 들어와야 됩니다."

다시 청년이 말했다. 그런 공방 속에서 자제력을 잃고 있는 것은 두 사람이 아니라 진표였다.

"우회전하다가 멈췄어요. 근데 아저씨가 그대로 지나가다가 들이받았잖아요."

혜림이 말했다.

"난 그냥 가고 있었어요. 옆에서 들어와서 부딪친 건 그쪽이지."

"잠깐만요, 내가 저기서 봤는데……"

진표는 길 건너 정비소를 가리켰다.

"이 사거리에서 그렇게 빨리 달리는 사람이 어디 있습니까. 여기 왜 신호등이 없겠어요. 차도 별로 안 다니니까 서로 양보해서 가라는 거 아니에요. 그런 데서 그렇게 달리다 사람이라도 툭 튀어나오면 어쩌려고 그래요. 그렇게 빨리 달리지만 않았어도 옆에서 들어오는 차는 봤을 거 아닙니까."

"누가 빨리 달렸다고 그래요."

청년이 툭 내뱉었다.

"누가 빨리 달리긴. 여기 있는 사람들이 다 봤는데."

청년은 고개를 돌리고 주머니에서 담배를 꺼내 피웠다.

"그리고 사고가 났으면 잘잘못 따지기 전에 상대 운전자가 괜찮은지 가서 봐야 되는 거 아니에요?"

진표는 청년 가까이 다가가 곁에서 어슬렁거렸다. 청년은 진표를 외면한 채 먼 산을 바라보았다.

"아니, 말 좀 해봐요. 큰 사고도 아닌데 누가 잘못했는지 따지려고 사람도 안 들여다봐요?"

"그쪽은 차나 잘 고쳐요. 남의 일에 끼어들지 말고."

그때 진표의 몸이 움찔했다. 진표는 청년을 쏘아보았다. 곁에 있던 아저씨가 슬그머니 가로막고 서도 진표는 여전히 청년을 쏘아보았다.

"너 음주운전 하는 거 다 알아. 지난번에 가로수 들이받고 뺑소니친 것도 다 알고……"

청년은 담배를 피우다 뒤돌아 진표를 노려보았다.

"너 언제 한번 죽는다……"

진표가 중얼거렸다. 청년은 진표를 외면하고 돌아서서 담배를 피웠다. 청년은 먼 산이 아니라 하늘을 올려다보았다. 그때 청년의 얼굴에서 드러난 것은 화가 아니라 체념 같은 것이었다. 청년은 진표의 말에 조금도 대응하지 않았다. 그리고 다시 하늘을 올려다보았을 때 그 얼굴에 남아 있는 것은 묘하게도 하늘을 향한 그리움 비슷한 것이었다.

청년은 망나니라기보다 도탄에 빠져 있는 사람 같았다. 어두운 길에 오래 서 있었다는 느낌을 간직한 사람의 눈에는 그렇게 보였다. 진표는 화를 이기지 못해 붉게 달아오른 얼굴로 청년을 쏘아보고 있었다.

사고 처리가 이루어지는 동안 진표는 혜림을 병원까지 데려다주겠다며 정비소로 가 차를 몰고 나왔다. 사람들이 하나둘 흩어

지고 진표가 혜림을 태운 뒤 정비소로 가니 정비소 앞에 나와
있던 진표 삼촌이 물었다.

"뭐 하는 거야."

"사고 났잖아요."

"그래서."

"사고 처리 하느라 저러는 거죠."

"아니 재 말이야, 진표."

"진표요?"

진표 삼촌은 고개를 빼고 진표를 쳐다보았다.

"쟤는 지금 뭐 한다고 저러고 있는 거야?"

"아, 지금 사고 당한 사람이 길 건너 갈매기집이라고 그 집 딸
인데요, 병원 데리고 갈 사람이 없어서 태워주겠다는 거예요."

"그 집에는 사람도 없어?"

"엄마가 있는 것 같던데요."

"근데 왜 지가 난리야."

삼촌은 혜림을 태우고 사거리를 벗어나는 진표의 차를 물끄러
미 바라보았다.

"오지랖은 넓어가지고…… 지 할 일이나 하지."

진표 삼촌은 안으로 들어갔다.

그 일대에 차를 수리할 곳이 없어서인지 윗마을 청년은 차를
몰고 정비소 앞마당으로 들어섰다. 진표가 있었다면 받지 않았
을지도 몰랐다. 청년은 차를 맡기고 수리에 대해서는 제대루 들

으려고도 하지 않고 정비소를 빠져나갔다.

"차가 굴러가는 게 용하다……"

진표 삼촌도 익히 청년에 대해 아는 듯, 청년이 온천 쪽으로 걸어가는 걸 보며 중얼거렸다.

진표는 삼십 분쯤 뒤에 정비소로 돌아왔다.

"어떻게 됐어?"

"일단 입원하기로 했어."

"그 정도야?"

"차 사고가 그래. 그때는 몰라. 하루 지나고 며칠 지나면 여기도 아프고 저기도 아프고 하거든."

"지금도 아프대?"

"지금은 모른다니까."

진표 삼촌이 내실에서 나와 진표를 불렀다.

"어디 갔다 오는 거야?"

"사고 당한 사람 병원 데려다줄 사람이 없다 그래서 데려다줬어요."

"네가 왜 가?"

"동네 사람이에요."

"아무리 동네 사람이라도 그렇지, 네가 왜 난리야?"

"왜요, 난리 좀 치면 안 돼요?"

진표는 소리친 뒤 삼촌 앞을 지나 내실로 들어가 쾅, 소리를 내며 문을 닫았다.

어머니도 외가에 가고 진서도 없어 아버지가 오기 전 다시 정비소로 내려갔다. 진표 삼촌은 퇴근한 뒤였고, 그날 일을 끝낸 진표는 내실에서 혼자 텔레비전을 보고 있었다. 문을 열고 들어가도 흘끗 쳐다볼 뿐 뽀로통한 채 말이 없었다.

"그 새끼, 차 또 맡기고 간 거 알아?"

"자존심도 없는 새끼라니까. 개새끼, 제대로 고쳐주나봐라, 씨발."

진표는 시선을 텔레비전 화면에 둔 채 언성을 높였다.

"꼰대는 왜 나한테 지랄이야? 아니, 동네 사람인데 병원 데려다줄 사람 없어서 태워준 게 잘못이냐?"

진표는 다시 팔짱을 끼고 댄스가수가 나와 춤을 추는 화면을 쳐다보았다.

"그나저나 그 새끼, 죽을 날 얼마 안 남았어. 청년회 어떤 형이 그 새끼 사고 내는 거 다 봤다고 아주 치를 떨고 갔어."

"어떻게 하겠다는 거야?"

"모르지. 내일쯤 모여서 얘기하재. 그 새끼 아마 존나 후회하게 될 거다."

진표는 가소롭다는 듯 코웃음을 쳤다.

해가 져 어두운 마당에 누군가 어른거렸다. 남자는 윗마을 청년이 두고 간 차 앞에서 부서진 부분을 내려다보고 있었다.

"그 새끼 아버지다."

진표가 남자를 보며 낮게 말했다. 남자는 전화기를 들어 전화

를 걸었다. 진표는 사람이 있다는 표시로 마당으로 통하는 유리
문을 열었다. 남자가 흘끗 진표를 쳐다보았다. 남자는 전화를 걸
었다.

"너, 새끼, 차 어디 있어?"

남자는 전화를 걸며 다리를 차의 보닛 위에 올렸다.

"너 지금 어디야?"

남자의 성난 목소리가 어두운 공기 속에서 마당을 흘러 다녔
다.

"네 차 어디 있냔 말이야. 뭐? 어디? 이 자식이 아버지한테 거
짓말을 해? 내가 지금 네 차 앞에 있다, 이 자식아. 내가 지금
어디 있는지 가르쳐줘?"

남자는 발을 내려놓고 전화를 들지 않은 손으로 양복 아랫자
락을 펼쳐 허리에 손을 얹었다.

"당장 뛰어 내려와. 딱 십 분 기다린다. 그 안으로 뛰어와."

남자는 전화를 끊고 차 앞에서 부서진 범퍼를 내려다보며 한
숨을 쉬다가 진표가 서 있는 내실 쪽으로 걸어왔다.

남자는 키가 작았지만 몸이 굵고 단단했다. 남자는 말없이 내
실 안으로 들어와 벽에 걸린 액세서리 따위를 훑어보았다.

"얘기 다 들었는데……"

남자는 고무로 된 운전대 덮개를 꺼내 탄력을 점검하며 주물
렀다.

"저기 건너 고깃집이라며?"

“예.”

진표가 대답했다. 남자는 뒷주머니에서 손수건을 꺼내 땀을 닦았다.

“내가 가서 사과했으니까 그 집 차에 뭐 좀 해줘. 뭐 달아줄 거 없나?”

남자는 벽에 걸린 부속이나 액세서리 들을 두루 훑었다.

“좀 알아서 해줘. 여자들 좋아하는 걸로 좀 달고, 하다못해 엔진오일이라도 새 걸로 갈아줘. 계산은 내가 다 할 테니까.”

얼마 지나지 않아 청년이 뛰어들어와 앞마당에 섰다. 남자는 고개를 숙인 아들 앞으로 천천히 걸어나갔다.

“너 낮에 술 먹었어?”

“아뇨.”

“근데 왜 남의 차를 들이받아.”

해가 거의 져 앞마당에 선 두 사람의 모습이 뚜렷하지 않았다.

“제 잘못 아니에요.”

고개 숙인 아들이 대답했다.

“네 잘못 아니면 누구 잘못인데.”

“우회전하려고 들어오던 차가……”

“됐어, 됐어. 얘기 다 들었어.”

남자는 아들의 말을 잘랐다.

“참 이상하다. 다른 사람들은 멀쩡히 차 잘 몰고 다니는데 왜 너한테만 허구한 날 사고가 생기냐, 응?”

아들은 다시 고개를 숙였다.

"너, 나이가 몇이냐?"

남자는 그렇게 물었다. 아들은 모욕이라고 느꼈는지 고개를 숙인 채 시선을 옆으로 돌렸다.

"너 스물둘 아니야?"

남자는 다시 물었다. 아들은 대답하지 않았다.

"그 나이면 네 앞가림할 때도 되지 않았어?"

아들은 고개만 숙이고 있었다.

"아들이라고 하나 있는 게 사고만 치고 다니니까 내가 동네 창피해서 고개를 못 들고 다니겠어."

진표는 내실에 서서 두 사람을 뚫어지게 쳐다보았다.

"어금니 꽉 깨물어."

남자는 짧게 말하고 휴대전화를 쥔 손으로 주먹을 쥐고 아들의 볼을 세 번 연달아 내리쳤다. 어둠 속에서 아들의 살진 볼이 메마른 소리를 내며 흔들렸다. 남자는 한동안 아들을 노려보고 서 있더니 혼잣말을 내뱉으며 아들을 지나쳐 밖으로 나가 정비소 앞에 세워둔 차를 몰고 사라졌다.

청년은 어둠 속에서 조금 전 아버지에게서 맞을 때의 그 자세 그대로 서 있었다. 청년은 고개를 숙인 채 가볍게 몸을 떨었다. 곁에 사람이 있다는 표시로 진표가 발소리를 내도 청년은 그 자세로 선 채 움직이지 않았다. 청년은 고개를 들어 하늘을 올려다보다 이미 어둠이 내린 하늘이 원망스럽다는 듯 얼굴을 찌푸리고는 천천히 밖으로 걸어나갔다.

"내 속이 다 시원하다, 개새끼……"

진표가 중얼거렸다. 청년이 사라지고 난 자리에 아버지에게 맞으며 나던 그 둔탁한 소리가 남아 있는 듯했다.

새벽에 든 얕은 잠으로는 간밤에 밀려온 생각과 기억 들이 물러가지 않았다.

온천으로 가는 길 한쪽에 가로수를 정비하는 사다리차가 부려놓은 가지들이 수북했다. 전날 아침만 해도 매미가 타들어가듯 울던 곳이라 부러진 가지들이 쓸쓸함을 남겼다. 차창으로 들어오는 바람에 어느새 서늘한 기운이 스며 있었다.

간밤에 나타났던 시선은 지난날을 말했다. 시선은 밤새 지난날을 들먹였다. 시선은 어둠 속에서 박선명을 찾아낸 뒤의 시간을 미망이라고 표현했다. 밤새 그 시선과 싸웠다. 밤새 나쁜 기억들이 홍수처럼 밀려들었다. 새벽에 눈을 붙인 것은 그 기억들이 짓밟고 난 뒤의 폐허 속에서였다.

시선은 결국 원했던 것이 고발이 아니라 바다였음을 인정하라고 종용했다. 하지만 그자를 고발하지 않고 바다에 갈 수 없었다. 삼 년 전 박선명을 다시 발견한 뒤, 한창 그자를 추적할 때는 그 일을 일컬어 시간을 매듭짓는 일이라 불렀다. 봄볕 아래에서 그자를 만났을 때, 그자는 같은 시간 속에 살고 있지 않았다. 그자는 그 시간 ―창호가 죽은 뒤 새로이 탄생한 그 시간에서 벗어나 먼 곳에 살고 있었다. 그자를 그 시간 속으로 데려오고 싶었다. 그리고 매듭짓고 싶었다.

잠을 설친 탓에 아침부터 신경이 곤두섰다. 그 때문이었을 것이다. 후문 엘리베이터 앞에서 김영문을 만났을 때, 그자의 굵고 큰 목소리가 유난히 견딜 수 없었던 것은 그 때문이었다. 그자는 아침부터 동료에게 뭔가 떠들어대고 있었다. 그자의 목소리는 간밤의 시선을 눈앞으로 끌고 왔다. 바라던 것이 고발이 아니라 바다였다는 걸 인정하라면, 그 오랜 시간을 미망이었다고 이름 붙이라 한다면, 자, 그전에 저자에게서 조금이라도 숭고한 것을 찾아 내게 보여주시지. 누가 미망에 젖어 산다고? 저렇게 쉼 없이 욕망을 떠들지 않고서는 자신을 다스릴 수조차 없는 자가 그런 자가 아니라면, 대체 누가 미망에 젖어 사는 사람이란 말인가!

자리에 가 앉자마자 아내에게 전화를 걸었다. 아내의 목소리에는 그때까지도 수술을 앞둔 사람의 두려움이 없었다.

"어때?"

"그냥 그렇지 뭐. 창수한텐 뭐라 그랬어?"

"외할아버지 보러 갔다고 했지. 괜찮아?"

"괜찮아. 아까 진서한테 전화 왔었어."

"잘 논대?"

"잘 놀다 뿐이야, 며칠 더 놀다 가고 싶대."

"신통하네. 그 녀석."

“개가 우리 집에서 제일 씩씩해. 엄마 없다고 투정 한번 안 하잖아.”

“그래, 마음은 어때, 편해?”

“괜찮아. 금방 끝날 건데 뭐.”

“말해서 한 시간 일찍 퇴근하겠다고 했어. 가면 다섯시 반쯤 될 거야.”

“그때쯤이면 마취도 풀리겠지.”

“괜히 내가 걱정이 돼.”

“괜찮대도.”

“곁에 사람 없다고 겁먹지 마. 그냥 한 시간쯤 자다 일어난다 생각해. 아픈 거야 마취 풀리고 좀 아프겠지.”

“알았어.”

오전 내내 피로감과 혼란스러운 기억들이 몸과 마음을 괴롭혔다. 기억은 한 줄기 빛처럼 파고들었다 죄책감을 남기고 지나갔다. 죄책감은 뿌리가 깊었다. 오후 두시가 되어 아내 혼자 수술실로 들어가야 할 때가 되자 다시 오래된 기억들이 찾아와 죄책감을 남기고 지나갔다. 마음이 어지러웠다. 머릿속으로 혼란스러운 문답들이 지나갔다. 낮은 더웠다. 오후 다섯시가 되어 사무실을 나섰을 때도 해가 중천에 남아 볕을 내리쬐고 있었다. 병원에 가려고 나섰지만, 기분은 어딘가로 향하는 것이 아니라 어디에선가 풀려난 것 같았다. 며칠 새 뜻하지 않게 길을 잃은 것 같았다. 뜨거운 해가 싫었다. 사진과 오디오 파일을 손에 넣은 뒤로 지난날의 빛깔이 더욱 짙어가는 듯했다. 그 빛깔은 늘 어두운 색이었다.

아내는 잠들어 있었다. 아내의 얼굴에는 지난 몇 시간 동안의 힘겨움이 남아 있었다. 수술을 맡은 의사는 전날 봤던 그 나이든 과장이 아니라 몸집이 크고 두꺼운 안경을 낀 중년남자였다.

"몇 번 확인했는데 더는 없는 것 같습니다. 뭐, 백 퍼센트라고 자신할 수는 없지만요."

의사는 웃으며 말했다. 백 퍼센트가 아니라는 것을 그렇게 무심히 받아들여야 하는 것인지 알 수 없어 의사의 설명에만 귀를 기울였다. 의사는 그 점에 대해서는 설명을 덧붙이지 않았다.

"마취는 곧 풀릴 겁니다. 깨어나면 좀 아프다고 하실 거예요. 많이 아프다고 하시면 간호사한테 말하면 됩니다. 진통제를 처방해드릴 수 있거든요. 일단 오늘은 편히 쉬라고 하시고요, 경과는 며칠 두고 보는 걸로 하시죠. 서둘러 퇴원해야 되는 게 아니면."

의사는 잠들어 있는 아내를 내려다보았다.

"미리 말씀 드리지만, 퇴원하시더라도 몸이 안 좋다 싶으면 언제든 검사를 받으러 오셔야 합니다. 이상이 없다 하더라도 한 달 뒤에는 반드시 검사를 받으러 오셔야 하고요. 아마 괜찮으실 겁니다. 수술 전에 검사 결과로는 문제 있을 곳이 없었으니까요."

아내는 잠들어 있었고, 이마 사이에 찌푸린 주름은 아픔 때문이 아니라 무의식 중에 아픔을 기억하려다 일어난 것인 듯했다. 아내는 삼십 분쯤 뒤에 일어났다. 아내는 가까스로 눈을 떠 곁에 있는 사람을 알아보고는, 가볍게 한숨을 쉬고 다시 눈을 감았다. 아내는 다시 눈을 감았다. 아내가 다시 눈을 떴을 때는 해가 질 무렵이었다. 아내는 눈을 뜨자마자 눈으로 병실을 휘둘러보며 자신이 있는 곳을 확인했다.

“어때?”

아내는 가만히 다시 눈을 감았다.

“잘 끝났다니까 안심해. 수고 많았어.”

아내의 눈에서 아무런 신호 없이 눈물이 흘러내렸다. 눈에서 넘치듯 흘러나온 것이 옆얼굴을 타고 길게 흘러내렸다. 급히 티슈를 뽑아 닦아내자 아내는 눈물은 감정의 표현이 아니었다는 듯 태연한 얼굴로 천장을 올려다보았다.

“많이 아파?”

아내는 고개를 저었다.

“뭐 필요한 거 있어?”

아내는 ‘물’이라고 작게 말했다. 간호사가 지시한 대로 거즈에 물을 묻혀 입술과 혀를 축였다. 아내는 다시 눈을 감고 가늘게 숨을 쉬었다. 아내는 다시 잠든 것 같았다.

해가 져 밖이 어두웠다. 맞은편 침대에는 전날 봤던 부인이 그 자세 그대로 뜨개질에 열중하고 있었다. 병원 밖 오렌지빛 가로등 불빛이 서서히 창문을 물들였다.

삼십 분쯤 뒤에 아내는 한결 나은 얼굴로 일어나 크게 숨을 쉬었다.

“자고 싶으면 억지로 깨지 마. 자는 게 최고래. 필요한 거 있으면 얘기하고.”

아내는 대답하지 않고 멍하니 허공 어딘가를 응시했다.

“괜찮아.”

그렇게 말했다.

“많이 아파?”

“숨 쉬면 좀. 그래도 아까보다 훨씬 나아.”

“말 하지 마. 말하는 게 힘든 거야.”

“괜찮아.”

아내는 핼쑥해진 얼굴로 다른 환자들을 둘러보았다.

“내가 했던 말 기억나?”

“뭐?”

“수술 잘됐대. 걱정하지 말라고 하더라고.”

아내는 안심했다는 듯 고개를 끄덕였다. 아내는 고개를 돌려 어두운 창밖을 바라보았다.

“나 아까……”

“응.”

“수술실 들어가는데 갑자기 옛날 생각이 나는 거야.”

“무슨 생각.”

“옛날에 집 나갔던 생각.”

하루 종일 괴롭히던 감각이 다시 일어났다.

“갑자기 무서워서 간호사 손을 잡으니까 간호사가 웃더라. 수술실로 혼자 들어가는 게 무서워서 그런 줄 알았나봐."

"그러게 창수라도 오라고 하자니까. 어쨌든 잘했어. 잘 견뎌냈어."

아내는 다시 창밖으로 고개를 돌렸다.

"그래서 진서하고 같이 바다 가는 생각하며 들어갔어."

아내의 얼굴을 볼 수 없었다.

"나 조금만 더 잘게."

아내는 그렇게 말하며 눈을 감았다. 복도로 나가 넓은 창 너머 간판 불빛들로 빼곡한 십층짜리 건물을 바라보았다. 건물은 지독하다 싶을 만큼 불빛들로 가득했다. 여름이면 쉽게 바다에 갔다 돌아오는 사람들을 생각했다. 우리는 저 보통의 삶에서 얼마나 멀어졌을까. 불빛들이 점멸했다. 아내의 말이 마음을 짓눌렀다. 아내가 집을 나갔던 것은 구 년 전이었다. 아내는 사흘 동안 집을 나갔다 돌아와 아기를 갖게 해달라고 매달렸다. 집으로 돌아온 아내는 그 말밖에 하지 않았다. 아기를 원한다는 아내의 말이 혐오스러웠다. 아내가 집을 나갔던 때의 일을 다시 꺼낸 것은 한 달쯤 지나서였다. 한 달 동안 아내의 말을 무시했다. 아내는 집을 나간 뒤 이틀째 되던 밤의 일을 말했다. 아내는 자신이 죽음이 아니라 생명을 택하고 있다고 말했다.

아내는 낯선 곳을 돌아다니다 해가 저물어 그 마을의 눈에 띄는 여관에 들어갔다. 작은 마을의 헙수룩한 여관이었다. 주인을 제외하면 손님이라곤 복도 끝 정면에 문을 얼어놓고 화투를 치고 있는 남자들뿐이었다. 남자들은 러닝셔츠 바람으로 방 밖을 힐끗거리곤 했다. 훗날 그 여관을 말할 때도 아내는 그 여관이 어디쯤인지 기억할 수 없다고 했다. 여관 마루를 걸을 때마다 삐걱거리는 소리가 났다. 화투 치는 남자들을 발견했을 때 그 자리에서 발길을 돌렸어야 했지만, 그 가운데 한 남자가 물끄러미 지켜보는 통에 다리가 얼어붙어 움직일 수 없었다. 아내는 객실로 들어가 문을 걸어잠그고 이불을 뒤집어쓴 채 밖에서 나는 소리에 귀를 기울였다. 화투 치는 남자들의 말소리가 벽을 타고 흘러들었다.

아내가 집을 나간 것은 이른바 '소파세트 사건'이 일어난 뒤 열흘쯤 지나서였다. 아내가 집을 나간 걸 알았지만 찾으려 하지 않았다. 창수에게는 친정에 갔다고 했지만 창수는 그 정도로 어리지 않았다. 창수가 고등학교에 올라갈 무렵이었다.

아내가 없는 동안 그 자리를 술로 메웠다. 창수는 방으로 들어가지 않고 거실 한쪽에 앉아 시선은 텔레비전 화면에 둔 채 곁눈질을 하곤 했다. 창수는 무서워했다. 거실 유리문 앞에 서서 어두운 마당을 내다보며 혼잣말을 중얼거리는 남자를 무서워했다.

수없이 아내를 증오했다. 퇴근 뒤에 집으로 돌아오면, 아내가 없는 빈자리에서 견딜 수 없는 괴로움과 두려움이 일어나곤 했다. 아버지를 증오했다. 알코올중독이라 날마다 소주 다섯 병을 해치우지 않고서는 견디지 못하는 그 사람을 가끔 떠올리곤 했다. 그자를 원망했다. 아내를 원망하다 그 사람을 혐오했고, 그 사람이 지나가면 다시 아내를 떠올리곤 했다.

밖에서 누군가 노크를 했다고 했다. 아내는 이불을 뒤집어쓴 채 숨을 죽이고 노크 소리가 사라지길 기다렸다. 노크하는 자는 아무 말 없이 노크만 거듭했다. 그러다 안에서 기척이 없자 삐걱거리는 마루를 걸어 화투 치는 남자들이 있던 방으로 돌아갔다고 했다.

자정이 넘어 남자들 방에서 기척이 사라지자 아내는 발소리를 죽여 여관을 빠져나갔다. 밖은 그저 어둠이었다. 여관 앞 골목은 이십 년쯤 전 풍경을 옮겨다놓은 것처럼 을씨년스러웠다. 아내는 큰길로 빠져나갔다. 큰길은 그저 차가 지나다니는 국도였다. 인도도 없는 그 길에는 멀리서 작은 불빛이 다가와 지나가는 사람을 비추고 지나갈 뿐이었다. 그 길을 걷는 것 밖에 다른 도리가 없었다. 아내는 그 길에서 다른 불빛을 찾다, 결국 차의 불빛마저 멈추자 걷는 걸 포기했다.

아내는 길 한쪽, 공사를 하느라 파놓은 구덩이 속으로 들어갔다. 구덩이 속에서 아내는 날이 밝기를 기다렸다. 안은 지하수가 배어나와 진흙투성이였다. 아내는 엉망인 몸으로 집으로 돌아왔다. 아내는 아기를 갖게 해달라고 매달렸다. 그날 밤 이야기를 마친 아내는 집을 나간 사흘 내내 가방에 농약을 넣고 다녔고, 그걸 마실 수 있는 용기를 달라고 날마다 신에게 애원했다고 말했다.

잠에서 깬 아내는 아픔에서 많이 벗어난 듯했다. 아내는 입가

에 웃음을 머금었다. 아내는 복도로 나가 바람을 쐬게 해달라고
했다.

"움직이면 안 돼. 답답해도 좀 참아."

"괜찮아. 아까보다 훨씬 좋아."

"간호사들이 보면 뭐라고 해."

"의자에 앉아 있을 건데 뭘."

"움직일 수 있겠어?"

"아까보다 훨씬 낫다니까."

아내는 몸을 일으켜 침대 아래로 다리를 뻗었다. 그러다 통
증이 찾아오자 잠시 멈추어 있더니 다시 다리를 내려 슬리퍼를
신었다. 아내는 조심스럽게 걸어나가 엘리베이터 앞 의자에 앉
았다.

"한결 낫네."

아내는 작게 몇 번 숨을 쉬었다.

"춥진 않아?"

"아니."

아내는 밝은 복도에 지나다니는 사람들을 쳐다보았다.

"거기 있으면 얘기하기도 그렇고 해서."

"얘긴 또 무슨 얘기."

아내는 의자 등받이에 몸을 기대 숨을 쉬며 허공을 올려다보
았다. 그러다 문득 고개를 돌렸다.

"여보, 우리 바다에 가기로 한 거 잘한 거 같아."

아무 대답도 하지 않고 아내만 지켜보았다.

"애가 그렇게 가고 싶다고 하는데 왜 한번 못 갔을까 싶어. 어제부터 누워서 생각해봤는데, 갑자기 바다에 너무 가고 싶더라고."

아내는 고개를 숙였다. 그렇게 말하는 아내의 코끝이 어린애의 것처럼 맑았다. 아내는 핏기 없는 자기 손등을 매만졌다.

"당신 몸만 나으면 가자고. 아침에 창수한테 말했더니 같이 가겠대."

"그래? 잘됐네. 오랜만에 가족끼리 여행을 다 가고."

아내는 웃으며 핏기 없는 손등을 매만졌다. 아내는 오히려 더 젊어진 것 같았다.

"아침 공기가 선선하던데, 진서가 수영이라도 하려면 서해가 낫지 않을까 싶어."

"동핸 물이 차지?"

"어떨까 몰라. 창수한테 좀 알아보라고 했어."

곁에서 보니 아내의 코끝이 빨갛게 물들어 있었다. 아내가 소리없이 울고 있을 수도 있다고 생각했다.

병실로 들어가 아내는 침대에 눕자마자 다시 자겠다며 반쯤 눈을 감았다. 아내는 모든 것이 좋아 보였다.

"내일 아침에 전화할 테니 푹 자. 의사도 자는 게 제일 좋대."

아내는 고개를 끄덕였다. 아내는 바다로 가는 기대에 차 있는 듯했다.

주차장에는 전날처럼 차가 몇 대만 서 있었다. 갑자기 피로감이 몰려들었다. 차에 올라 한동안 운전대에 머리를 기대고 관목 울타리에서 일어나는 쓰르라미 소리를 들었다. 모든 걸 버리고 당장 바다에 가고 싶었다. 하지만. 하지만 대체 어디에 서 있는지 알 수 없었다.

"여름 가기 전에 식구끼리 바다에 갈까 하는데 어떠냐."
아침상을 들다 아버지는 무심히 그렇게 말을 꺼냈다.
"바다에요?"
"진서가 자기만 바다에 못 가봤다고 심통이 났대서 한번 데려다줄까 하고."
아버지는 수저를 들며 말했다.
"언제쯤요?"
"휴가 신청 했는데, 한 일주일 걸릴 거야. 넌 시간 어떠냐."
"괜찮아요."
"서늘해지지 않을까 몰라. 네가 날씨도 좀 알아보고 적당한 데 좀 찾아봐. 그래도 그때까진 괜찮을 것 같은데…… 날이 선선하면 동해는 물이 들어가기 차대."
"예. 제가 알아볼게요."
아버지가 출근한 뒤 찾아본 일기예보에서는 그때쯤 기온이 이삼 도 내려갈 거라고 했다.
아버지가 나간 뒤 떠오른 것은 어릴 때 창호와 함께 바다에 갔던 기억이었다. 창호가 열 살 때쯤이었다. 아버지 직장 동료 여러 집과 같이 동해에서 두 밤을 자며 낮에는 수영, 밤에는 배를 타고 밤낚시를 하다 돌아온 여행이었다. 그러니까 십 년도 더 된 일이었다. 그뒤로 식구끼리 바다에 간 적이 없었다. 창호가 죽은 뒤로는 식구끼리 여행을 간다는 건 생각해본 일조차 없었다.

마당 평상에 앉아 그 여행의 기억을 떠올리다 뜻하지 않게 학교로 향했다. 가끔, 일어나지 않은 일을 일어난 것처럼 생각하고 그 일을 그리워하기조차 할 때가 있었다. 과 친구 연희가 뉴질랜드로 떠날 때도, 초원을 뛰어다니며 검게 탄 그 아이의 얼굴을 미리 상상하고는 마치 그 모습을 봤던 것처럼 그리워하곤 했던 것이었다. 버스 안에서 바다에 간 식구들을 상상하며 그 모습을 오래전의 일처럼 그리워했다. 십 년 전쯤 일인 것 같았다. 진서는 태어나기도 전에 바닷가에 서 있었다.

아무 목적 없이 학교로 가 벤치에서 학교 풍경을 바라볼 때도 가슴속에서 그리움이 일어났다. 캠퍼스가 늦더위에 녹아 아물거렸다. 전날 보았던 윗마을 청년이 짓던 그 표정 또한 그리움에 찬 것이 아니었을까, 하고 생각했다. 청년은 그 속에 뭔가 두고 온 것처럼 하늘을 올려다보곤 했다. 마치 현실에서 도달할 수 없는 것이 그 안에 남아 있는 듯했다. 바다는 어디선가 날아들어온 씨앗 같았다. 집으로 돌아가는 길 내내 바닷가에 선 식구들의 모습이 떠오르곤 했다.

　갈매기집 앞 사거리 모퉁이에 사람들이 원을 그리고 서 있었다. 서쪽 하늘에서 내려온 노을빛이 사람들 등을 붉게 물들이고 있었다. 사람들은 무언가에 골몰하고 있었다. 마치 사람들은 풍경화 속으로 들어가 그 안에서 멈추어 있는 듯했다.

　사람들에게 다가가기 전부터 그 안에 윗마을 청년이 있을 것이라 짐작했다. 사람들 곁에 경찰차가 서 있는 것도 그런 짐작을 하게 한 이유였다. 사람들 어깨 너머로 엿보이는 것은 역시 윗마을 청년이었다. 청년을 둘러싸고 선 사람들 사이에서 진표가 골몰한 눈초리로 청년을 바라보고 있었다.

　청년은 광대였다. 사람들은 광대의 연기에 골몰해 있었다. 청년이 사람들을 향해 외치면 사람들은 청년을 유심히 쳐다보다 웃음을 흘리거나 다음 장면을 기대하며 더욱 바짝 주의를 기울이곤 했다.

　"아니, 내가 무슨 괴물이라도 돼요?"

　청년의 얼굴은 땀으로 번들거렸다. 소리를 지를 때마다 포동포동한 팔이 꼭두각시 인형처럼 춤을 추었다. 사람들의 그림자는 유난히 길었고, 청년의 그림자는 짧았다. 청년은 사람들 속에서 자신을 지지하는 눈빛을 찾곤 했다. 그럴 때도 사람들은 마치 연기에 관여해서는 안 된다고 생각한 것처럼 그 눈빛을 주의 깊게 쳐다보고 있었다.

　청년은 자신을 지지하는 눈빛을 찾을 수 없을 때마다 고개를 들어 온천으로 올라가는 길 너머 산등성이에 걸린 노을을 쳐다보곤 했다. 마치 그 안에서만 자신이 찾고자 하는 것을 찾을 수 있다는 듯했다. 그것은 오후에 청년을 생각하며 떠올렸던 그리움과 달랐다. 청년은 하늘만이 자신이 말하고자 하는 뜻을 알고 있다고 여기는 듯했다.

경찰차에 기대 청년의 연기를 물끄러미 바라보던 순경이 천천히 몸을 일으키며 다가갔다. 순경은 들고 있던 경찰모를 세로로 세워 챙으로 손바닥을 톡톡 두드렸다.

"누가 자네더러 괴물이래?"

순경의 비아냥거리는 말투는 이미 궁지에 몰린 청년의 처지를 잘 말해주었다. 청년은 순경 쪽으로 돌아섰다.

"아니, 제가 말만 하면, 뭐라 그랬죠? 맞아, 난동, 난동이라느니 또 뭐야, 협박? 아니 누가 협박을 했다 그래요, 누가!"

숨을 쉴 때마다 젖은 티셔츠 안에서 청년의 볼록 튀어나온 배가 부풀어올랐다 가라앉곤 했다.

"그게 중요한 게 아니고, 어쨌든 자넨 영업 방해로 신고를 당했단 말이야."

순경은 모자챙으로 손바닥을 톡톡 쳤다.

"영업 방해는, 누가 영업 방해를 했다고 난리예요. 따지러 간 건데."

"따지러 간 사람이 사람들 밥도 못 먹게 소리를 지르고 주인한테 겁을 줘?"

"겁을 줘요? 아니, 누가 겁을 줘요. 아줌마 어디 있어. 아줌마,

내가 겁줬어요?"

갈매기집 주인은 사람들 뒤에 몸을 숨긴 채 안을 들여다보고 있었다.

"아줌마, 내가 겁줬냐고요!"

주인은 곤란하다는 듯 얼굴을 찌푸리고 순경 쪽으로 고개를 돌렸다. 그러자 청년의 뒤쪽에 서 있던 남자가 혼잣말처럼 중얼거렸다.

"옆에서 싸움 날까봐 밥을 못 먹겠던데 겁준 게 아니고 뭐야. 여자한테 다짜고짜 대들고 소리를 지르더구먼."

청년은 뒤돌아 수염이 덥수룩한 남자를 쳐다보았다.

"아니, 아저씨가 봤어요?"

"그때 옆에서 밥 먹던 사람이다, 새끼야."

사람들이 조용히 웃음을 터뜨렸다. 청년은 기가 막힌다는 듯 허탈한 웃음을 터뜨렸다.

"아니 따지러 갔으니까 따진 거지, 그게 겁준 거예요?"

"너는 따진 건지 몰라도 여자들한테는 겁주는 거야, 새끼야."

"아저씨는 뭔데 처음 보는 사람한테 새끼, 새끼 하는 거예요?"

"새끼한테 새끼라 그러지, 뭐라 그러냐. 왜 꼬와?"

순경이 나서서 수염 난 남자를 제지했다. 순경은 청년의 한 팔을 잡고 서서 사람들에게 말했다.

"자, 이제부터 제가 알아서 할 테니 다들 돌아가세요."

순경은 사람들이 물러날 때까지 청년의 한 팔을 잡고 있었다.

"저런 새끼는 따끔한 맛을 봐야 돼. 봐주지 말고 유치장에서 몇 밤 재워요."

수염 기른 남자가 돌아서며 말했다.

사람들 가운데 몇은 물러가지 않고 남아 있었다. 진표도 그 자리에 서 있다가 순경과 눈이 마주치자 모퉁이까지 물러나더니 다시 뒤돌아 청년을 지켜보았다.

"가서 일들 보세요."

순경이 다시 말했다. 서 있던 사람들 가운데 몇이 다시 뒤돌아 걸어갔다.

"자, 이제 할 만큼 했으니까 내 말 잘 들어."

순경은 다시 모자챙으로 손바닥을 두드렸다.

"너, 차 사고 때문에 이러잖아, 그렇지?"

청년은 대답하지 않았다.

"그건 다 보험 처리 했다며. 그럼 해줄 건 해준 거고, 억울한 게 있으면 이의신청을 하든가 고소를 하든가 네 마음대로 해. 대낮에 남의 영업집 찾아가서 소리 지르지 말고. 여기 다 한 마을 사람들이야. 다짜고짜 찾아가서 삿대질이나 하고 있으면 누가 가만히 있겠어. 안 그래?"

청년은 서쪽 하늘을 쳐다보았다.

"할 만큼 했으면 조용히 들어가. 파출소에 가기 싫으면. 나도 이게 마지막이야. 네가 가면 나도 가고, 네가 안 가면 나도 할 수 없어. 같이 서로 가야 돼."

순경은 목소리를 낮추었다.

"이 정도로 하는 것도 다 자네 아버지 얼굴 봐서 그러는 거야. 그만 들어가. 더 망신당하기 싫으면."

순경은 몇 걸음 물러나 경찰차 앞에서 수건으로 모자 안쪽을 닦았다. 청년은 잠시 숙였던 고개를 들어 다시 온천 쪽 하늘을 바라보았다. 청년은 가까이 있는 사람들이 아니면 볼 수 없을 만큼 미미하게 몸을 떨었다.

"가자고. 나도 가야 돼."

순경이 모자를 닦으며 말했다.

청년은 천천히 발걸음을 옮겼다. 청년이 떠난 자리에 땀이 그린 무늬가 남아 있었다. 청년은 잠시 멈추어 서서 하늘을 올려다보다 뭔가 수긍한 듯 혼자 고개를 끄덕였다. 사람들은 멀찍이 떨어져서 청년을 살펴보았다. 청년은 천천히 사거리로 걸어가 길을 건너 온천 쪽으로 걸어가기 시작했다.

"너 새끼, 언제 한번 죽는다!"

사람들 속에서 누군가 소리쳤다. 순경이 그쪽을 바라보았지만, 청년은 그 소리를 못 들었다는 듯 그저 천천히 앞으로 걸어갔다. 뒤에서 진표가 다가와 어깨에 팔을 둘렀다.

"대단하지 않냐, 저 새끼?"

진표는 정비소 앞을 지나 홀로 걸어가는 청년을 쳐다보았다.

"불쌍한 새끼, 오늘 집에 들어가면 또 죽도록 터지겠다."

"갈매기집에 따지러 갔던 거래?"

"응. 가서 주인한테 삿대질을 하고 난리를 쳤대."

"왜 저러지?"

"왜 저러긴. 꼴통이니까 저러지. 너 오늘 저녁에 시간 있냐?"

진표는 목소리를 낮추어 물었다.

"왜?"

"오늘 청년회에서 모인다고 했잖아. 저 새끼 문제 때문에."

"언제?"

"저녁 먹고 여덟시에 우리 가게에서 모이기로 했어. 너도 와."

"에이, 이사 온 지 얼마 됐다고 그런 일에 내가 끼어들어."

"일 년 살았으면 된 거지, 몇 년 살아야 돼? 그냥 와. 어차피 알게 될 사람들인데. 알아두면 편해. 이 마을에서 청년회 끗발이 얼마나 세다고."

"글쎄."

"근데 저 새끼 아버지도 끗발이 세긴 세나봐. 경찰도 어지간해서 봐주려는 거 보면."

진표는 청년이 사라지고 노을만 남은 길을 바라보았다.

"어쨌든 저녁 먹고 와. 다들 막걸리 한잔씩 하기로 했으니까."

망설이다 정비소로 내려간 것은 아홉시가 다 되어서였다. 불이 꺼진 정비소 앞마당에는 간판 불빛과 가로등 불빛만이 어른거렸다. 셔터를 내린 내실 쪽에서 불빛이 새어나왔다. 셔터에 난 구멍으로 들여다보니 사람들이 막걸리를 가운데 놓고 둥글게 둘러앉아 이야기를 나누고 있었다. 안으로 들어가기가 멋쩍어 마당에 남아 정비소 앞을 지나다니는 차 불빛을 바라보았다. 정비소 앞에서 바라보면, 지나가는 차의 전조등 불빛은 모퉁이를 돌아 사라졌다 온천으로 올라가는 고개를 넘으며 다시 나타나곤 했다. 밤에 그 불빛은 반딧불 같았다. 가로등 아래에서 하루살이 떼가 쉴새없이 춤을 추고 있었다.

얼굴을 모르는 남자가 내실에서 나와 화장실로 갔다 다시 들어간 뒤 얼굴이 붉게 달아오른 진표가 밖으로 걸어나왔다.

"안 들어오고 뭐 해?"

진표는 신발을 고쳐 신으며 풀어놓았던 벨트를 고쳐 맸다.

"들어가기 뭐해서. 얘기 많이 했어?"

진표는 담배를 꺼내물고 불을 붙이고는 가로등 아래로 가 길게 연기를 내뱉었다.

"어떡하기로 했어?"

그쪽으로 다가가 보니 진표의 얼굴에 말하기 곤란하다는 기색이 번져 있었다.

"한 대 깔 모양이야."

진표는 가로등을 보며 대답했다.

"어떻게?"

"성근이 형이라고, 성질이 좀 좆같은 형이 있거든."

"근데."

"산으로 데려가서 팰 모양이야."

"산에?"

“응. 한마디로 손 좀 봐주겠다 이거지. 그 형 성질이 좆같다니까.”

“그래서?”

“그래서……”

진표는 다시 가로등을 올려다보았다.

“어떡할 건데.”

진표는 대답하지 않았다.

“언제 어떻게 산으로 데려가겠다는 거야?”

그러자 진표는 담배연기를 길게 내뱉고 꽁초를 바닥에 집어던졌다.

“나만 좆 됐어.”

“왜.”

“술 먹다 혜림씨네 차 구멍 낸 얘길 했거든.”

“응.”

“그랬더니 나더러 그 새끼 차에 구멍을 내놓으래.”

진표는 어두운 마당 한쪽에 서 있는 흰 소나타를 바라보았다.

“왜?”

“가다 퍼지면 데리고 산으로 올라가겠다고.”

“진짜?”

“진짜지. 그 형 성질이 좆같다니까. 한번 한다면 하는 사람이야.”

“언제?”

“내일.”

“내일?”

“응. 너만 알고 있어. 내일 저녁에 차 찾으러 오라고 해서 그 때 따라가재.”

“너, 그런 거 할 자신 있어?”

진표는 바닥에 침을 뱉고 발로 그 위를 비볐다.

“씨발, 구멍 내는 거야 어려워? 그 뒤가 문제지.”

“몇 명이나 가는데?”

“한 서넛 가려나봐. 그 새끼 결국…… 내 이럴 줄 알았다니까.”

진표는 새 담배를 꺼내물었다.

“나도 가자.”

“네가? 왜.”

“그냥. 가서 방해 안 되게 있을게.”

진표는 내실 쪽을 의심스러운 눈초리로 쳐다보았다.

“안 될걸? 알지도 못하는데.”

“너, 갈 거지?”

“난 가야 돼.”

“그럼 갈 때 나도 데리고 가.”

“왜 그렇게 가려고 하는데?”

“그냥. 가서 사람들이 너무 때리면 좀 말릴까 하고.”

“진짜?”

“그럼.”

“하긴 나도 사람 하나 잡는 거 아닌가 싶어서 살 떨린다.”

진표는 다시 내실 쪽으로 고개를 돌렸다.

"너 갈 때 그냥 데리고 가. 사람들이 뭐라고 하면 그때 나오지 뭐."

"가려면 미리 말해야 돼."

"그럼 가서 말해."

"인사도 안 해놓고 냅다 어떻게 말해. 오고 싶으면 그냥 나 따라와. 어차피 형들하고 나하고 따로 갈 거니까."

"알았어."

"내가 올 거라고 귀띔은 해놓을게."

"좋아. 내일 몇시라고?"

"여섯시 전에 여기 와 있어야 돼. 어떻게 될지 모르니까. 그 새끼가 차 갖고 나가면 형들이 기다리고 있다 바로 튈 거야. 그 뒤에 우린 천천히 가면 돼."

"알았어."

"가서 웬만하면 사람들 좀 말려."

"그러려고 간다니까."

"휴…… 나도 괜한 일에 말려드는 거 같아서 기분 존나 찝찝하다."

진표는 얼굴을 찌푸리고 가로등 불빛을 올려다보았다. 오렌지빛 불빛 아래에서 하루살이떼가 여전히 격렬하게 춤추고 있었다.

4장

한쪽 형광등을 빼 소켓을 끼우는 검은 구멍이 드러난 형광등 갓을 바라보며 기환은 자기 몸에 그런 구멍이 수없이 나 있는 모습을 상상했다. 그 모습은 어릴 때 해양도감에서 본 동물과 비슷했다. 그 동물은 빛이 닿지 않는 심해에서만 찾을 수 있는 선명한 진노랑빛이었고, 그 몸 위에 누군가 해코지를 해놓은 것처럼 작고 검은 구멍이 수없이 나 있는 모양이었다. 갈매기집 앞에서 헛된 목소리를 높이다 해질녘 뜨거운 웃음거리가 되었던 일을 떠올릴 때마다, 형광등 갓의 흰 바탕은 희미해지고 검은 구멍만 또렷이 드러나 점점 아래로 내려오는 듯했다. 기환은 구멍이 더 내려오지 못하도록 눈을 감고, 전날 사람들 안에서 목소리를 높이다 올려다본 하늘에서 봤던 빛—어머니 품처럼 푸근했던 하늘빛을 떠올렸다. 빛 속에서 어릴 때 모습이 엿보였다. 빛 속에서 어린 자신을 발견했을 때, 하늘은 그리하여 모든 것이 헛되다고 말했다.

형광등 구멍을 피해 마당으로 나가자, 마을 어귀에서부터 산을 안개처럼 두른 구름이 비를 뿌리고 있었다. 집 뒤쪽, 침엽수가 우거져 낮에도 어두컴컴한 숲은 오래전 일을 쉬이 눈앞에 끌어다놓곤 했다. 그때 꼬마가 죽지만 않았더라도. 마을은 짙은 구름 아래 가라앉아 있었다. 바람이 한바탕 비를 몰고 지나가자 침엽수가 스— 소리를 내며 흔들렸다. 숲에는 어릴 때 어머니 모습이 그렇게 남아 있었다. 어머니는 혼자 마당에 나가 꽃을 만지곤 했다. 오래전 그날 이후 숲의 어둠은 삶을 가두고 출구를 내지 않았다. 산에 올라갔다 내려왔던 다음날 어머니는 약간 지친 모습이었다. 그것이 어머니의 예전 마지막 모습이었다. 기환은 훗날 그 순간을 자신의 삶이 소리를 내며 찢어지던 순간으로 기억했다.

"너희 반에 오늘 학교 안 나온 애 있었니?"

어머니는 지친 얼굴로 아들을 맞아 그렇게 물었다.

"응."

"누구?"

"조창호."

"어머, 맞구나."

어머니는 아들을 보고 있으면서도 보는 것 같지 않은 얼굴로 멍하니 있다가, 고개를 돌려 뜨거운 햇살이 내려오는 마당을 바라보았다.

“왜?”

어머니는 말없이 몸을 돌려 천천히 집 안으로 들어갔다. 그리고 거실 한가운데쯤 이르러 가슴에 손을 얹고 돌아섰다.

“너 개랑 친했니?”

어머니 눈에는 늘 곁에 없는 무언가를 그리워하는 것 같은 기색이 서려 있었다.

“아니.”

어머니는 가볍게 한숨을 내쉬고 창밖에 내려오는 햇살이 잔인하다는 듯 미간을 찌푸렸다.

“왜? 무슨 일 있어?”

어머니는 아들의 볼을 천천히 쓸어내리고, 타인이 알 수 없는 감정에 젖어 한동안 바라보기만 했다.

“무슨 일 있냐고.”

어머니는 천천히 말했다.

“그애가 어제 산에 갔다가 잘못해서 떨어졌대.”

삶이 찢어지던 순간이었다. 어머니는 아들의 표정을 조심스럽게 살폈다.

“그래서?”

“하늘나라로 갔대.”

어머니는 햇살이 내려오는 창밖을 물끄러미 쳐다보았다.

아버지가 옷장에서 제복을 꺼내 손질하기 시작하는 날은 멀리서 그 제복을 훔쳐보곤 했다. 제복은 마음을 설레게 했다. 해병대 전우회 모임 날이면 아버지는 제복을 입고 선글라스와 붉은 베레모를 쓰고 집을 나섰다. 그런 날엔 아버지는 늘 술에 취해 들어와 들뜬 목소리로 아들을 불러 앞에 앉히곤 했다.

"아버지는 말이야, 지금도 옛 전우들을 만나면 다시 그 시절로 돌아가고 싶어."

아버지는 기회만 된다면 당장이라도 군인 시절로 돌아가고 싶다는 표정이었다. 그런 날은 아버지는 집에 돌아와서도 한동안 제복을 벗지 않았다.

"아버지가 해병대에 안 갔으면 뭐 하고 있었을 거라고 했냐?"

"양계장요."

그러면 아버지는 웃음을 터뜨렸다.

"양계장이라도 했으면 다행이지. 닭똥이나 치우고 있었을 거라고 했잖아."

아들이 웃으면 아버지는 따라서 웃음을 터뜨렸다.

"오늘 아버지가 어딜 나갔다 왔냐 하면, 서울역 알지."

"예."

"거기 앞에 큰 광장이 있는데 거기 가서 대통령님! 제발 이 나라 빨갱이들 좀 잡아가주십시오, 하고 소리치다 온 거야."

"왜요?"

"이 나라에 빨갱이들이 너무 많은데 대통령님이 안 잡아가니까."

초등학교 삼학년에 갓 올라간 무렵이었다.

“근데 거기에 왜 그렇게 노숙자들이 많냐. 너 노숙자가 뭔지 알아?”

“알아요.”

“뭔데?”

“집 없이 사는 사람들.”

“맞다. 광장에 그런 사람들이 지천에 널렸어. 면도도 못 해서 수염이 덥수룩하고 옷도 꾀죄죄하고. 길거리에 제멋대로 누워 있다가 아버지 같은 사람들이 가니까 일어나서 슬금슬금 자리를 피해.”

“무서워서요?”

“그럼. 자기 잡으러 온 줄 알고.”

그런 얘기를 들으면 덩달아 기분이 들떴다.

“그런데 말이야, 그 사람들도 다 부모 밑에서 밥 세 끼 먹고 자란 사람들이란 거 알아? 그 사람들 처음부터 그렇게 된 거 아니야. 예전엔 다 집에서 가족하고 같이 살던 사람들이었어.”

“근데 왜 그렇게 됐어요?”

“이 아버지가 가르쳐줄게. 잘 들어.”

“예.”

“아버지가 시골에서 닭똥 냄새 싫어서 해병대에 입대했다고 했지?”

“예.”

“왜 굳이 해병대에 갔냐 하면 말이야, 해병대 출신들은 공통

점이 있어."

"뭔데요?"

"지고는 못 산다, 그거 하나거든. 해병대 출신들은 지는 게 죽
는 거야. 너, 전쟁 나가서 지면 어떻게 돼?"

"죽어요."

"죽으면 끝이잖아. 그러니까 지는 건 죽는 거나 같은 거야. 해
병대 출신들은 그렇게 생각해. 아버진 해병대 나온 뒤로 한 번
도 진 적이 없어."

아버지는 기분좋게 이어가곤 했다.

"노숙자들도 다 똑같은 사람이야. 보통사람하고 다른 거라면
너무 많이 졌다는 것밖에 없어. 형제들 사이에서 지고 직장에서
지고 집에서 지고 친구들 사이에서 지다보니까, 나중엔 지는 게
너무 익숙한 거야. 알았어?"

"예."

"지고, 지고, 또 지다보면 자기도 모르게 그렇게 된다. 나중엔
아예 엣다 모르겠다, 하고 길바닥에 누워버리게 되는 거야. 그게
노숙자야."

"예."

아버지는 붉게 달아오른 얼굴을 가까이 드밀어 아들의 얼굴을
감싸 잡아당겼다.

"아버지가 뭐라 그랬어."

"지면 안 된다고요."

“이기란 말이지?”

“예.”

“남자는 이겨야 돼. 그러면 뭐든 할 수 있어. 알았어?”

“예.”

그렇게 말한 뒤 너털웃음을 터뜨리는 아버지를 좋아했다. 어머니는 그런 아버지를 좋아하지 않았다. 어머니는 아버지가 그런 이야기를 시작하면 그쪽을 외면하고 텔레비전 화면을 바라보곤 했다. 그런 날 아버지는 어머니가 잠자리에 든 뒤에도 거실에 남아 혼자 텔레비전을 보거나 신문을 뒤적거리곤 했다. 마음이 들떠 쉽게 잠에 들 수 없는 것 같았다.

아버지가 인생에서 진 게 있었다면, 욕심만큼 자식을 갖지 못한 것이었다. 어머니는 몸이 약해 아들을 하나 낳은 뒤로 다시 아이를 갖지 못했다. 아버지는 아들을 낳을 때 중절수술을 집도한 의사 탓이라고 생각했다.

“그때 네 엄마를 그 돌팔이한테 맡기지만 않았어도 지금쯤 집안에 새파란 애 두셋은 더 뛰어다닐 거다.”

자식 얘기가 나올 때면 아버지는 쉽게 흥분하곤 했다. 그 탓인지 아버지는 아파도 병원에 가지 않았고 의사를 믿지도 않았다. 아버지는 한의학 책을 사와 틈나는 대로 읽곤 했다. 아버지 말에 따르면, 어머니 몸이 약한 것은 ‘음’의 기운이 너무 강한 탓이고, 아들이 나면서부터 잔병치레가 잦은 것도 그런 기운을 물려받았기 때문이었다. 어릴 때 아버지는 인삼이나 녹용을 사와서 어머니에게 권하곤 했다. 어머니는 그런 약재들을 모두 싫어했다. 어머니가 물린 약재는 고스란히 아들에게 돌아왔다. 아버지는 사람 체질은 어릴 때 바꿀 수 있어도 성장기를 지나면 절대 바꿀 수 없다고 했다. 어머니가 인삼과 녹용이 싫다고 하면 아버지는 붕어즙이나 복분자 열매로 만든 주스 따위를 사들고 왔다. 기환은 자라며 그런 보양식들을 손에서 떼어본 일이 없었다.

기환은 아버지 체질이 아니라 어머니 체질을 이어받아 어릴 때부터 몸이 약했다. 나뭇가지 같던 몸이 솜뭉치를 넣은 것처럼 포동포동 불어난 것은 초등학교 삼학년 때였다. 몸은 어느 한순간 갑자기 불어나 사학년에 이르자 반에서 가장 몸무게가 많이 나가게 되었다. 아버지는 인삼과 녹용의 효과가 뒤늦게 나타나는 거라고 했다. 아버지는 그런 변화를 달갑게 받아들였다. 아버지는 마른 아이보다는 뚱뚱한 아이를 좋아했다. 하지만 그 무렵부터 반 아이들은 '돼지'라고 부르기 시작했고, 기환은 반 아이들을 만나는 게 싫어 공중목욕탕에도 가지 않았다.

방과 후에 학교 운동장에서 축구 경기가 시작되면, 기환은 경기를 구경하며 손에 아이스크림을 들고 둘레를 어슬렁거렸다. 기환이 오학년 때 아버지는 중학교에 들어가서는 키가 자기보다 커야 한다며 키 크는 데 효험이 있다는 뱀장어를 사왔다. 그해 가을, 학교에서 돌아가면 집 마당 한구석에 늘 가마솥이 끓고 있었다. 대문 밖까지 뱀장어 고는 냄새가 흘러 다니곤 했다. 가마솥 뚜껑을 열면 노란 기름이 둥둥 뜬 국물 아래 순대 같은 것이 누워 있었다. 날마다 그 국물을 두 대접씩 마시는 게 그해 가을의 일과였다.

어머니는 가마솥에 뱀장어를 집어넣을 때마다 끔찍한 짓을 저지르는 사람처럼 얼굴을 찌푸리곤 했다. 어머니는 아버지의 방식을 싫어했다. 아버지가 뱀장어를 사오면, 어머니는 그 검고 묵직한 비닐봉지를 혐오스럽게 바라보았다.

"사람은 몸이 아니라 마음이 문제란 걸 아버지는 아마 평생 모를 거다."

언젠가 어머니는 가마솥 뚜껑을 열고 안을 들여다보다 그렇게 말했다.

창호를 알게 된 것은 그 무렵이었다. 맑은 가을날이었다. 학교 운동장에는 오학년 반 대항 축구 경기가 열리고 있었고, 그날도 기환은 과자봉지를 들고 둘레를 어슬렁거리고 있었다. 기환은 하얀 선 안에 뛰는 아이들을 부러워했다. 운동장 둘레를 배회하는 것도 선 밖으로 나간 공이라도 한번 차고 싶었기 때문이었다. 아이들은 맑고 쌀쌀한 공기 속에서 소리를 지르며 뛰어다녔다. 그러다 한 아이가 공을 쫓아 달리다 기환에게 와 부딪쳤다. 기환은 과자봉지를 든 채 뒤를 돌아보았다. 그저 가볍게 부딪친 느낌이었는데, 아이는 세 걸음쯤 밖에 나동그라져 있었다. 아이는 과자를 입에 넣으며 자기를 내려다보는 기환을 원망스럽게 바라보다 옷을 털고 일어나더니 다시 공을 향해 뛰어갔다. 노란 셔츠를 입은 아이였다. 아이는 발갛게 달아오른 얼굴로 운동장 이곳저곳을 뛰어다녔고, 기환은 그 아이를 보며 조금 전 몸에 남았던 그 상쾌한 느낌을 떠올렸다.

그 아이가 쉽게 눈에 들어오곤 했다. 축구 경기가 있는 날이면, 기환은 운동장에서 노란 셔츠를 입었던 그 아이를 찾아보곤 했다. 그 아이는 종종 운동장에 나타났고, 그 아이가 공을 쫓아 뛰어가다 가까이 다가오면 기환은 일부러 그쪽으로 슬쩍 몸을 들이대곤 했다. 몸집이 작은 아이였다. 같은 학년이었지만, 몸집으로만 보자면 두 학년쯤 아래로 보였다. 기환이 짓궂은 짓을 하면 그 아이는 덩치 큰 기환을 기억하고는 기분 나쁘다는 얼굴로 째려보곤 했다. 왠지 모르게 그 아이에게 눈길이 가곤 했다. 그 아이는 삼 반이었고 기환은 이 반이었다. 기환은 육학년에 올라가서는 그 아이와 같은 반이 되었으면 좋겠다고 생각했다. 하굣길에 학교 앞 언덕길에서 그 아이를 보면 멀리서도 "야!" 하고 알은체를 했다. 그 아이는 기환을 싫어했다. 그 아이는 심통 난 얼굴로 째려보다 걸음을 재촉해 자기 친구들과 함께 멀리 사라지곤 했다.

육학년이 되어 그 아이와 한 반이 되었을 때 기환은 학기가 시작한 지 얼마 되지 않아 창호를 손에 넣었다.

창호와 한 반이 된 것이 기환을 들뜨게 했다. 창호는 좋아하지 않았다. 육학년이 되어서도 기환은 금세 '돼지'가 되었고, 창호도 다른 아이들을 따라 '돼지'라고 불렀다. 그것이 싫었다. 전해보다 더 불어난 몸이 싫었다. 뱀장어 국물을 싫어했다.

방과 후에 학교 밖 공사장 뒤편으로 창호를 불러 일기장을 꺼내 읽으라고 했다. 창호가 일기장을 꺼내 읽는 동안 바위에 앉아 나무꼬챙이로 땅에다 그림을 그렸다. 일기를 다 읽으면 주머니에 가진 돈을 모두 꺼내놓으라고 했다. 돈은 필요하지 않았다. 그렇게 해야 무서워할 것 같았기 때문이었다.

"세어봐."

창호가 돈을 다 세면 기환은 돈을 집어 주머니에 집어넣고 천천히 일어났다.

"불만 있냐?"

창호는 땅바닥을 노려보며 입을 꼭 다문 채 거칠게 숨을 쉬었다. 그러면 창호를 넘어뜨리고 그 위에 올라타 뺨을 갈기고 주먹으로 마무리했다.

"불만 있냐?"

창호는 울먹이며 고개를 저었다. 창호는 큰 덩치가 자기를 누르고 있다는 것만으로도 힘겨워했다.

"딴 사람한테 말하면 어떻게 돼?"

"말 안 해."

"하면 죽는다."

"알았어."

창호의 몸에서 내려가기 전 몇 대씩 주먹을 덤으로 얹어주곤 했다.

학교 안에서는 그저 친구처럼 지냈다. 다른 아이들과 어울려 놀며 창호 옆구리를 간질이기도 했고, 씨름을 하며 넘어뜨리고, 말싸움이 일어나면 창호 편이 되어 우기기도 했다. 집에 데려간 날도 있었다. 집으로 데려가 대문 밖에 세워놓고 어머니가 내준 뱀장어 국물을 몰래 가지고 나와 마시라고 했다.

"뭔데."

창호는 국물을 물끄러미 바라보았다.

"고슴도치 삶은 물이야."

창호는 대접을 받아든 채 눈물을 흘렸다. 주먹으로 볼을 가볍게 몇 대 치자 창호는 국물을 다 마셨고, 빈 대접을 내보였을 때는 창호의 머리를 쓰다듬어주었다.

반항의 기미가 엿보인 것은 여름방학이 시작되기 한 달쯤 전이었다. 창호는 주머니를 비워서 학교로 왔다. 돈 때문에 당하고 있다고 생각하는 모양이었다. 그 무렵에는 돈 때문이기도 했다. 컴퓨터게임 때문에 PC방을 드나드느라 돈이 필요하기도 했던 것이었다. 하지만 그보다 반항을 암시하는 것이 싫고 언짢았다. 창호는 날마다 주머니를 비워서 왔다. 방학식이 얼마 남지 않았을 때 기환은 창호를 학교 밖으로 불러 같은 반이 된 뒤로 가장 심하게 분풀이를 한 뒤 저녁에 다시 동네 산으로 오라고 명령했다. 산에서 만나자고 한 것은 주먹질에 흥분한 감정이 즉흥적으로 고안해낸 것이었다.

저녁에 산을 오르며 기환은 그것이 무모한 짓이란 걸 일찌감치 깨달았다. 동네에는 여전히 해가 남아 있었지만, 산으로 접어들자 금세 어두워지고 눈앞이 새까맣게 물들어갔다. 만나기로 한 곳에 닿아 뒤돌아보니 내려가는 길이 보이지 않았다. 나무와 풀, 하늘과 길이 모두 어둠 속에 들어가 있었다. 창호는 오지 않았다. 어둠은 금세 산을 새까맣게 지웠다. 솔가지를 붙잡고 있지 않으면 산이라는 것도 알 수 없었다. 그렇게 서서 다음날 학교에서 반항을 두 배로 앙갚음할 생각만 떠올렸다. 동이 트려면 얼마쯤 걸릴까 하고 생각하기도 했다. 그때까지 솔가지를 붙잡고 있어야 했다. 뭔가 잘못되었다는 느낌, 산을 메운 어둠보다 더 아득한 곳에서부터 뭔가 잘못되었다는 느낌이 찾아들곤 했다. 어둠 속에서는 시간을 가늠할 수 없었다. 솔잎을 따 자근자근 씹고 있을 때 위에서 희미한 노랫소리와 함께 손전등 불빛이 어른거린 것이 그곳에 온 뒤 얼마나 지나서였는지 알 수 없었다. 아저씨는 숲에 선 아이를 보고 놀라 손전등을 비추었다.

"뭐 하는 애냐?"

"요 아랫동네 사는데 어두워져서 못 내려가고 있었어요."

"이 시간에 왜 산에 있어!"

손전등 불빛 때문에 아저씨 얼굴을 볼 수 없었다.

"친구들하고 놀다가 다 내려가고 저만 혼자 길을 잃었어요."

"뭐야? 정신 나간 놈. 이 시간에 산에 있으면 어떻게 되는 줄 알아? 빨리 따라와."

아저씨의 허리춤에 달랑거리는 라디오에서 구슬픈 옛 노래가
흘러나왔다. 아저씨는 절에 갔다 내려가는 길이라고 말했다. 그
리고 밤에 산에는 귀신 천지라고 말했다. 아저씨는 학교를 물어
보았고, 공부를 잘하느냐고 물어보았다. 한참 아래로 내려가자
가로등 불빛이 어른거렸다.

"이제 갈 수 있지?"

"예."

"넌 이 아저씨가 살려준 거나 다름없어."

"예."

"어서 내려가. 내려가서 공부나 열심히 해."

기환은 산을 내달려 집으로 내려갔다. 집에서 어머니가 텔레
비전을 보고 있었다.

산에서 봤던 어둠은 2000년 6월 22일 오후, 몸을 타고 안으로
들어왔다. 창호가 하늘나라로 갔다는 어머니의 말을 듣고 방으
로 들어가 눕자 눈앞에 전날 봤던 그 어둠이 또렷했다. 어머니
는 뒤따라 들어와 엎드려 누운 아들 곁에 앉아 등을 쓰다듬어주
었다.

"엄마도 오늘 하루 종일 슬퍼서 울었어."

어머니는 엎드린 아들의 등을 쓰다듬으며 혼잣말처럼 말했다.

"걔, 착한 애지?"

어머니는 그렇게 물었다.

"걔는 아주 좋은 곳에 갔을 거야. 거긴 사람들이 다 가고 싶어

하는 곳이야. 거긴 서로 미워하지도 않고 슬퍼할 일도 없대."

기환은 산에서 봤던 그 끝없는 어둠 속으로 떨어지는 자신을 상상했다.

창호의 자리는 흰 국화 다발이 차지했다. 그 꽃은 기환의 운명이 며칠 내로 바뀔 거라는 걸 예고했다. 평소에 기환이 창호를 괴롭혔다는 걸 알던 아이들이 수군거렸다. 기환은 그런 아이들을 귀찮은 파리 쫓듯 내쫓았다. 학교에서 집으로 돌아가면 어머니는 늘 기운 없는 얼굴로 맞았다. 어머니는 창호가 아니라 자기 아들이 그렇게 되었다고 상상해보는 듯했다. 기환은 그날의 기억을 지우기 위해 의식적으로 머릿속을 백치처럼 비웠다. 며칠 동안 집에는 나른한 기운만 흘렀다. 언제까지나 그럴 것 같았다. 찬바람은 한순간에 들이닥쳤다. 그날 어머니는 평소보다 좀더 슬퍼 보였다. 어머니는 뭔가 참고 있는 것 같았다. 그 모습이 꼭 꿈속 같았다. 아버지는 퇴근하자마자 안방으로 들어가 어머니와 길게 얘기를 나눈 뒤 아들의 방으로 건너와 안에서 문을 잠갔다.

"나 좀 보자."

아버지는 의자를 끌어다 곁에 앉았다. 아버지 눈빛은 무서웠다. 아버지는 아들의 눈에서 뭔가 찾아내려는 듯했다.

"거짓말하지 말고 대답해."

"예."

하지만 거짓말을 할 자신도 참말을 할 자신도 없었다.

“너 창호라는 애 사고 당한 거 잘 알지.”

“예.”

“걔랑 친했어?”

“아뇨.”

위에서 뭔가 누르고 있는 것처럼 고개가 저절로 내려갔다.

“고개 들어.”

아버지는 한 손으로 가볍게 아들의 턱을 들어올렸다.

“아버지가 오늘 이상한 얘기를 들었다. 너희 반 애들 중에 말이야, 네가 평소에 그애를 괴롭혔다는 애들이 있어. 대체 그게 무슨 소리냐?”

“아니에요. 그런 적 없어요.”

아버지는 대답하는 아들의 얼굴에서 뭔가 찾으려 했다.

“정말이야?”

“정말이에요.”

다시 고개가 내려갔다.

“너 걔가 사고 당한 날 저녁에 집에 없었다던데 어디 있었어?”

손에 쥔 연필을 만지작거렸다. 아버지는 연필을 빼앗아 책상 위에 올렸다.

“친구 집에.”

“친구 누구?”

“정수.”

“정수? 너네 반 애야?”

“예.”

“걔네 집 어딘데?”

더이상 대답할 수 없었다.

“걔네 집 어디냔 말이야!”

눈물이 떨어졌다. 아버지는 한동안 말없이 우는 아들을 쳐다
보았다.

“아버지는 설마하니 네가 그때 산에 있었다고는 생각 안 해.
우리 아들이 그런 놈이라고는, 이 아버지가 믿을 수가 없어. 자,
말해봐. 그때 어디 있었어?”

눈물이 거세게 떨어졌다.

“말해! 그때 어디 있었는지!”

아버지는 고개 숙인 아들의 턱을 들어올렸다.

“그날 저녁에 어디 있었냔 말이다!”

아버지는 소리쳤다. 아버지는 고개 숙인 아들의 얼굴을 들어
올리자마자 뺨을 때렸다.

“어디 있었는지 말해!”

밖에서 어머니가 세차게 문을 두드렸다. 아버지는 상관하지
않았다. 아버지는 아들이 고개를 숙이지 못하게 한 손으로 턱을
받쳤다. 아버지는 다시 뺨을 때렸다.

“어디 있었냔 말이야! 어서 말 안 해?”

“산에……”

"산에 있었어?"

"예. 그런데 만나진 못했어요."

"산에 있었는데 만나지 못했다니, 무슨 소리야. 그날 있었던 일 다 말해."

"만나기로 했는데…… 안 왔어요. 산에서…… 기다리다가…… 안 와서 그냥…… 혼자 내려왔어요."

아버지는 의자를 바짝 끌어당겨 앉아 아들의 머리채를 들어올렸다.

"넌 지금부터 거짓말하면 이 아버지도 죽고 네 엄마도 죽는다. 그날 있었던 일 다 말해."

아버지는 한 손으로 아들의 머리채를 붙들고 한 손으로 주머니에서 담배를 꺼내 불을 붙였다.

"창호하고…… 만나기로 했는데 안 왔어요."

"그 시간에 왜 개랑 거기서 만나기로 했어."

"숙제…… 숙제 줄 거 있다고……"

"숙제? 숙제를 주는데 왜 산에서 만나."

아버지는 담배를 입에 물고 다시 아들의 뺨을 때렸다.

"거짓말하면 너도 죽고 아버지도 죽고 우리 식구 다 죽는다는 말 못 들었어? 다 죽을래? 다 죽고 싶어?"

고개를 숙이려 하면 아버지가 머리채를 위로 잡아당겼다.

"제가 오라 그랬어요."

"왜?"

“……괴롭혔어요.”

“네가?”

“예.”

“왜 산에 오라고 했어.”

“……일기장 읽게 하려고.”

“일기장? 일기장을 왜.”

담배연기가 눈에 들어와 쓰라렸다.

“왜 일기장을 읽게 했냔 말이야.”

“그냥……”

“이거 완전히 미친 새끼 아니야. 너 학교에서 개한테 무슨 짓
했어.”

눈물이 말라 더이상 나오지 않았다.

“돈 뺏었어?”

고개를 끄덕였다.

“얼마나.”

“몇 만원……”

“때렸어?”

다시 고개를 끄덕였다. 아버지는 주먹으로 아들의 가슴을 연
달아 세 대 치며 소리쳤다.

“이렇게 때렸어, 이렇게?”

아버지는 벽과 책상이 만든 모서리에 처박힌 아들을 무섭게
노려보았다. 아버지는 주스컵에다 담배꽁초를 버렸다.

"산에서 있었던 일 다 말해."

아버지는 아들의 멱살을 잡아 일으켰다.

"오라고 했는데 안 왔어요. 혼자 있다가…… 어두워져서 내려왔어요."

"그게 몇 시야."

"……일곱시에 만나기로 했었어요."

"일곱시에 산으로 불러내? 네놈이 아주 정신이 돌았구나. 오냐 오냐했더니 네놈이 아주 돌았어. 그래서 그애는 못 만났다고?"

"예."

"확실해?"

"예, 정말이에요. 보지도 못했어요."

"너 그거 거짓말이면 어떻게 되는지 알지?"

"진짜예요. 못…… 만났어요."

목이 메어 말이 잘 나오지 않았다.

"정말이야?"

"정말이에요!"

"그 시간에 산에서 어떻게 내려왔어."

"어떤 아저씨 만나서 따라서 내려왔어요."

아버지는 새 담배를 피워물었다. 아버지는 한동안 담배만 피우며 아무 말도 하지 않았다. 아버지는 혼잣말을 중얼거렸다. 아버지는 반도 피우지 않은 꽁초를 컵에 던지고 조용히 말했다.

"왜 걔를 괴롭혔어."

대답할 것이 없었다.

"왜 개를 괴롭혔냔 말이다. 개가 너한테 나쁜 짓이라도 했어?"

그때 백치처럼 비웠던 정신에 피가 돌기 시작한 것처럼 창호가 눈앞으로 다가왔다. 다시 눈물이 떨어졌다.

"개가 대체 너한테 무슨 짓을 했기에 괴롭혔냐 말이야!"

대답하려 해도 이유를 알 수 없었다.

"아무 짓도 안 했어? 아무 짓도 안 한 애를 심심해서 그냥 괴롭혔어?"

아버지는 다시 새 담배에 불을 붙였다.

"왜 괴롭혔냐 말이야. 아버지 말 안 들려?"

그저 눈물만 흘렸다.

"넌 지금 제정신이 아니야. 제정신이면 사람이 그럴 수가 없어. 아무 잘못도 없는 애를 밤에 산으로 불러서…… 뭐? 일기장을 읽게 해? 미쳐도 여간 미친 새끼가 아니야."

아버지는 주먹으로 아들의 볼을 연달아 세 번 쳤다.

"눈에서 피눈물이 나도록 맞아도 모자라."

아버지는 다시 볼을 두 대 더 때렸다. 밖에서 어머니가 문을 두드렸다. 아버지는 담배꽁초를 컵에 내던지고 일어났다.

"지금부터 내 말 잘 들어."

아버지는 손가락으로 아들을 가리켰다.

"넌 내일부터 학교 가지 마."

고개를 숙이고 아버지 말을 들었다.

"알았어?"

고개를 끄덕였다.

"내일부터 학교에 가지 말고 집에만 있어. 우리 집 이사간다. 다른 동네로 이사갈 거야. 넌 새 학교로 전학가야 돼. 넌 그냥 집에서 엄마하고 있어. 나머진 아버지가 알아서 한다. 이사 준비 끝나면 새 학교로 가서 새 학교 다녀. 알았어?"

"예."

"집에 있는 동안 밖에 나가지 마."

"예."

"학교 근처는 얼씬도 하지 말고. 알았어?"

"예."

"친구 만나지 마."

"예."

아버지는 말할 때마다 숨을 거칠게 쉬었다.

"내가 뭐라고 했어."

"집에만 있으라고요."

"마당에도 나가지 마. 알았어?"

아버지는 거칠게 숨을 쉬며 아들을 노려보다 밖으로 나가며 소리나게 문을 닫았다.

아버지는 날마다 밤늦게 들어와 어머니와 오랫동안 이야기를 나누었다. 기환은 학교에 가지 않았다. 아버지 말대로 방에 틀어

박혀 누워 마당에도 나가지 않았다. 어머니는 슬퍼 보였다. 어머니는 때가 되면 죽을 끓여 갖다주었다.

"몇 숟갈 먹어."

어머니가 들어오면 공기가 나른해진 것 같았다. 어머니는 야윈 것 같았다. 어머니는 예전 그대로인 것 같았지만 얼굴에 알 수 없는 감정이 배어 있었다.

어머니는 아들이 죽을 몇 숟갈 들 동안 말없이 곁에 앉아 창밖을 바라보곤 했다. 그 얼굴에서 언제라도 눈물이 떨어질 것 같았다.

이틀 동안 침대에만 누워 천장 벽지 무늬만 올려다보았다. 이틀째에는 마름모꼴이 끝없이 번져간 그 무늬가 움직이는 것 같았다. 살갗에 그런 무늬의 흉터가 난 사람을 상상하곤 했다. 눈을 감고 옆으로 돌아누우면 그 무늬들이 우수수 떨어져 몸에 흉터를 그려놓을 것 같았다.

창호의 아버지가 찾아온 것은 이틀 뒤였다. 그날 아버지는 모처럼 집에 일찍 들어와 저녁밥을 같이 먹었다. 아버지와 어머니는 아무 말도 하지 않았다. 밥을 먹는 동안 집 안을 붕붕거리는 것은 텔레비전 속 아나운서 목소리였다. 아버지는 수저를 들며 그 아나운서만 쳐다보았다. 어머니는 말없이 수저를 들 뿐이었다. 인터폰을 받은 것은 어머니였다. 어머니는 수화기를 막고 하얗게 질린 얼굴로 돌아섰다.

"그애 아버지래."

아버지는 그 자리에서 수저를 내려놓고 어머니와 아들을 방으로 들여보낸 뒤 혼자 밖으로 나갔다. 어머니는 안방에서 창문을 손톱만큼 열고 밖을 내다보았다. 어머니 얼굴이 창백했다. 어머니는 곧 창문을 닫고 아들을 방 가운데에 앉히고 손을 잡았다. 밖에서 어른들의 고성이 오갔다. 어머니는 눈을 감고 두 손을 모으고 기도를 드렸다. 밖에서 뭔가 무너지는 소리가 났을 때는 어머니는 아들의 손을 끌어다 함께 쥐고 위에서 뭔가 내리누르고 있는 것처럼 세게 눈을 감았다. 어머니는 몸을 떨었다. 밖에서 험한 소리가 오갔다. 창호의 아버지가 이렇게 외친 소리는 방 안까지 선명하게 들려왔다.

"네 새끼가 우리 앨 죽였지!"

어머니 손을 놓고 드러누워 발을 동동 굴렀다. 어머니는 그 위에 엎드려 한 손으로 아들의 입을 막았다. 얼마 지나지 않아 아버지가 현관으로 뛰어 들어와 신발장을 여닫더니 다시 밖으로 뛰어나갔다. 곧 경찰차가 집 앞에 멈추어 섰다.

어머니 얼굴에 옅게 머물러 있던 것이 며칠 새 어머니 가슴속에 깊이 들어간 듯했다. 볕이 내려오는 마당을 보며 늘 무언가 찾는 것 같던 어머니는 햇볕을 싫어하게 된 것 같았다. 아버지의 화보다 어머니의 슬픔이 싫고 두려웠다. 어머니는 말없이 슬펐다. 가을이 되었을 때 어머니 모습은 마당에 지는 꽃과 비슷했다.

"새 학교 가면 지금 학교 얘기는 절대로 꺼내면 안 돼. 아무도 모르니까."

이사가기 전날 아버지는 그렇게 말했다. 아버지는 지쳐 보였다. 그렇게 말할 때도 한쪽 눈에 피로 때문에 생긴 핏발이 서 있었다.

"다시 시작해야 돼. 네가 개한테 조금이라도 미안한 마음이 있다면 넌 앞으로 딴짓하지 말고 공부만 열심히 해야 돼."

아버지는 늘 늦게 집으로 돌아왔다. 어머니는 언젠가부터 아버지 몰래 교회에 나가기 시작했다. 아버지와 어머니는 자주 말을 나누지 않았다. 아버지는 집에 돌아오면 씻고 한동안 텔레비전을 보다가 방으로 들어갔고, 어머니는 아버지가 들어오기 전까지 성경책을 읽었기 때문에 집 안은 늘 쥐 죽은 듯 조용했다.

"아버지한텐 교회 다닌단 말 하면 안 된다."

어머니는 성격책을 읽다가도 가끔 고개를 들어 주의를 주곤 했다.

중학교에서도 반 아이들은 '돼지'라고 불렀다. 거기에 아무런 저항도 하지 않았다. 다만 몸이 싫었다. 가끔 꿈에 나타나곤 하는 창호도 그저 말없이 몸을 쳐다보다 얼굴을 찡그리곤 했다. 오래전 마신 뱀장어들이 여전히 몸에 남아 슬픈 의식을 지내는 듯했다.

담임선생은 고개를 숙이고 다니지 말라고 주의를 주었다. 어머니는 용케 아버지에게 들키지 않고 교회에 다니곤 했다. 아버지는 늘 바빴다. 아버지는 해병대 모임에 갔다 와서도 예전처럼 들뜨지 않았고 어느 때부턴가는 모임에도 잘 나가지 않았다.

사람들이 쳐다본다는 느낌은 중학교 삼학년에 시작되었다. 횡단보도에 서서 맞은편 신호등을 바라보고 있으면, 그쪽에 서 있는 사람들이 모두 자신을 쳐다보는 듯했다. 버스에 오르면 앉아 있던 사람들이 일시에 시선을 던지는 것 같았다. 그럴 때마다 운전석 근처에서 몸을 돌려 앞을 바라보며 그 시선을 피하곤 했다. 몸은 더 불어났다.

언젠가 그런 날이 올 것이라 생각했지만, 아버지는 일요일에 교회에서 나오는 어머니를 우연히 발견했다. 그뒤로 두 사람은 자주 언성을 높이며 싸우곤 했다. 어머니는 늘 호소하듯 소리쳤고, 아버지는 어머니의 말을 듣다 이해할 수 없다는 듯 고개를 가로젓고 소리를 높여 반박하곤 했다. 어머니는 그러다가도 다음날이 되면 평소의 그 한결같은 얼굴로 다시 교회에 나가곤 했다. 아버지와 어머니는 자주 이야기를 주고받지 않았다. 주말에 세 식구가 식탁에 둘러앉았을 때도 재잘거리는 것은 텔레비전 연속극 속 사람들이었다.

아버지와 크게 싸운 다음날이면 어머니는 되레 아버지를 옹호하곤 했다.

"아버지가 요즘 사업이 힘들어서 그래. 신경이 날카로워. 너도 크면 알게 되겠지만 그런 때라는 게 있는 거야."

하지만 아버지 어머니는 사이가 좋지 않았다. 오래전 그 일

뒤로 그렇게 되었다는 생각이 들곤 했다. 아버지는 일 때문에 날카로운 것이 아니라 그저 어머니를 싫어했다. 그것이 이상하게 마음을 무겁게 했다.

아버지는 그때 일을 늘 가슴속에 간직하고 있었다. 그렇다고 생각했다. 그렇다는 걸 그대로 드러낸 것은 고등학교 이학년, 같은 반 아이와 부지불식간에 싸움이 붙었다 그 아이 팔이 부러져 어머니와 같이 병원에 다녀온 날이었다. 집으로 돌아온 아버지는 어머니에게서 이야기를 듣고 오래전 그날처럼 방으로 아들을 데리고 들어가 다짜고짜 뺨을 올려붙였다. 그때 아버지 눈빛은 그날 그 눈빛이었다.

"또 다른 학교에 가고 싶냐? 다시 옛날처럼 학교에 안 가고 숨어서 살고 싶어?"

어머니는 곁에서 눈물을 흘렸다. 아버지가 화를 내는 것보다 어머니가 우는 것이 더 싫었다. 아버지가 뒤돌아 방을 나갈 때 충동적으로나마 처음으로 뒤를 공격하고 싶은 마음이 일어났다.

교회에 다녀온 날이면 어머니는 편안한 얼굴로 학교에서 돌아온 아들을 맞아들이곤 했다. 하지만 며칠 뒤면 어머니 얼굴에는 다시 알 수 없는 갈망이 차오르곤 했다. 어머니는 꽃을 좋아했고 꽃이 피는 따뜻한 계절을 좋아했다. 어머니는 아파트를 싫어했다. 발코니에 무수한 화초를 키운 것은 어머니였지만, 화초를 손볼 때마다 왠지 화초를 보며 측은해하는 것 같았다.

"그동안 목욕을 안 시켜줬더니 싫었지?"

어머니는 화초를 닦으며 그렇게 말했다. 슬픈 어머니가 늘 그리웠고 한편으로 그 슬픔이 싫었다.

강원도의 한 작은 대학에 합격해 학기중에는 집을 떠나 있게 되었을 때도, 가끔 떠오르는 것은 아버지가 아니라 어머니였다. 집을 떠난 것이 아니라 어머니를 두고 온 것 같았다. 대학에 가서는 늘 술을 마셨다. 어머니는 일찌감치 아들에게, 아버지 체질이라면 틀림없이 술을 잘 마시게 될 거라고 핀잔 삼아 말한 바 있었다. 학기중에는 하숙집에서 하숙생활을 했다. 아버지가 이사를 계획한 것이 그 무렵이었다. 방학 때 집으로 가니 아버지는 서울을 떠나 이사를 계획하고 있다고 말했다.

"경기도에 있는 온천에 레저시설을 하나 지을 작정이야. 사업이 꽤 커. 나한텐 마지막 기회 같은 거다. 사업을 하려면 이 년쯤 미리 가서 살아야 유리해."

그리고 아버지는 덧붙였다.

"어쩌면 이번 사업이 나한텐 마지막 큰 사업이 될지도 모르겠다. 이번 일 끝내면 나도 좀 쉴 생각이야."

그런 일에 반대하는 사람은 집안에 없었다. 며칠 뒤 아버지는 뜻밖에도 중고차 한 대를 몰고 와 아들에게 선물했다.

"너도 이제 다 컸으니 네 인생 책임지고 살 준비 하라고 주는 거야. 조심해서 몰고 다녀라."

아버지는 열쇠를 건네며 그렇게 말했다. 한 학기 동안 아버지는 꽤 늙어 보였다. 어머니는 그 모습 그대로였다. 두 사람 사이는 예전보다 나아진 것 같지 않았다.

방학 때는 잘 마시지 않다가도 학기가 시작되어 집을 떠나면 술을 곧잘 마시곤 했다. 어느 날은 친구들과 마시고 집으로 돌아와서도 허전해 다시 가게로 가 술을 사와 마시다 잠든 적도 있었다. 아버지 어머니가 경기도로 이사한 것은 가을 무렵이었다. 중간고사 기간이라 그때는 가지 못하고 이사한 지 한 달쯤 지나 내려가보니 생각했던 것보다 훨씬 시골 마을이었다. 아파트를 싫어했던 어머니가 좋아할 것 같았지만 그렇지도 않은 것 같았다. 집은 세 식구가 살기에 너무 컸다. 아들마저 지방으로 내려가고 나면 그 넓은 곳에 스며들 허무감이 상상하지 않고도 피부에 와 닿았다. 거실에 서서 밖을 내다보면 마을은 너무 조용했다. 마치 사람들을 피해 숨어들어온 것 같았다. 아버지야 하루 종일 밖에 나가 있으니 상관할 것도 없는 일이겠지만, 하루 종일 그곳을 지키고 있을 어머니가 안쓰러웠다.

"밤에 혼자 있으면 무섭지 않아요?"

그렇게 물으면 어머니는 태연하게 대답했다.

"처음엔 그랬는데 차차 나아졌어."

하지만 어머니는 어딘가 불편해 보였다. 어린 시절 곧잘 마당에 내려오는 빛을 바라보았듯, 어머니가 조용한 그 마을을 바라보며 쓸쓸한 표정을 짓는 모습이 눈에 선했다.

그곳으로 이사하며 아버지와 어머니가 더욱 갈등이 깊어진 이유를 안 것은 이학년에 올라가서였다. 학기중에 아버지와 어머니는 교회 문제로 여러 번 싸운 모양이었다. 어머니는 교회에 가기 불편하다고 차를 사달라고 했고 아버지는 부탁을 거절했다. 어머니는 그동안 버스를 타고 교회에 다닌 모양이었다. 어머니는 그곳에서 가까운 교회로 가는 것이 아니라 예전 서울에서 다니던 교회에 가고자 했기 때문에, 버스를 타고 갔다 돌아오는 일이 여간 번거로운 게 아닌 모양이었다. 그런 사정을 아버지는 받아들이지 않았다. 아버지가 왜 그토록 교회를 싫어하는지는 정확히 알 수 없었다. 그저 곁에서 보기에는 교회를 싫어하는 게 아니라 어머니를 싫어하는 것 같았다. 어느 날 아버지는 어머니를 때렸다. 아버지는 쓰러진 어머니를 보고 자신도 당황한 듯 그 자리를 피해 곧장 방으로 들어갔다. 어머니는 말라버린 풀 같았다. 어머니는 아버지에게 대들지 않았다. 학교로 돌아가 술을 마실 때면 가끔 그때 쓰러져 있던 어머니가 떠오르곤 했다. 그럴 때마다 함께 떠오르는 것은 창호였다. 그때 모든 것이 잘못되었다고 생각했다. 그때 그 일만 없었더라도 이처럼 불행하지는 않을 것이라 생각하곤 했다.

술을 마시고 운전하다 방학중에 집에서도 몇 번 아버지에게 들켰다. 고등학교 동창들과 마신 뒤 집에 돌아간 날이 그 처음이었다. 아버지는 차를 세우고 들어오는 아들을 현관에서 막으며 말했다.

"술 마시고 운전했냐?"

대답하지 않으면 들여보내지 않겠다는 듯했다.

"다시는 안 할게요."

"너 학교에서도 이러고 다녀?"

"아뇨."

"집에서 이러는데 엄마 아버지 없는 데서 왜 안 하고 다니겠어."

"아니에요. 오늘 처음 했어요."

"술 마시고 운전하는 게 얼마나 무서운 건지 알아?"

"예, 죄송해요."

"다시 또 이런 일 있으면 차 도로 뺏을 줄 알아."

하지만 그뒤로도 아버지 뜻은 거스르고 싶었다. 아버지가 주의 깊게 지켜본다는 걸 알면서도 술을 마신 채 운전하고 들어가곤 했다. 아버지의 손찌검이 더이상 아프지 않았다. 어떤 날은 그렇게 맞는 것이 오히려 시원했다.

고등학교 동창들 노름판에 끼어들었다 한 학기 수업료를 날린 것도 노름보다는 술에 취해 있었기 때문이었다. 어쩌면 그저 그렇게 하고 싶었던 건지도 몰랐다. 그날 마을에는 아버지가 미친 듯 내지르는 소리가 밤하늘을 울렸다. 방학에 집으로 돌아가면 모든 것이 답답했다. 아버지는 어머니에게 차를 사주지 않았다. 오래전 일이 가슴에 박힌 듯 남아 있다 되살아나곤 했다. 마을은 감옥 같았다. 하늘을 보면 늘 어린 시절이 떠올랐고, 하늘은 모든 것이 헛되다고 말하곤 했다.

휴대전화가 울렸다.

"삼일 자동차 서비슨데요."

"예."

"혹시 오늘 일찍 차 쓰셔야 됩니까? 이따 저녁쯤에 찾아가시면 어떨까 하고요. 그때쯤 부품이 새로 들어온다고 해서 새 걸로 갈아 끼울까 하는데."

"그러세요."

"그럼 이따 다 되면 다시 전화드리겠습니다."

침엽수가 우거진 숲에서 다시 오래전 그날이 떠올랐다.

신발끈을 조여 매는 그의 손은 야무졌다. 그는 낮부터 가게 문을 닫고 집으로 들어와 진표의 전화만 기다렸다.

"그거 군인 신발 아니에요?"

그의 베트남 아내가 다가와 물었을 때도 그는 고개를 들지 않고 신발끈만 더 팽팽하게 잡아당겼다.

"어디 가요?"

"몰라도 돼."

"그런 신발을 왜 신어요?"

"궁금한 게 왜 그렇게 많아, 여편네가."

이성근은 아내를 피해 집 앞에 세워둔 지프로 가 손전등을 꺼내들고 왔다. 아내는 곁에서 서성거리며 남편이 하는 일을 쳐다보았다. 그는 주머니에서 새 건전지를 꺼내 갈아 끼웠다.

"어디 가는데요?"

한국어 발음이 서툰 아내가 거듭 물었다.

"알 거 없다니까 그러네."

그는 예비군 군복 바지를 입고 있었다. 그는 다시 지프로 가 손전등을 넣고 와 휴대전화를 꺼내들었다.

"전화해봤어?"

아내는 그의 군복 바지와 군인 신발을 쳐다보았다.

"잘됐다. 그럼 오겠지. ……우린 걱정할 거 없고. 너나 알아서 잘해. ……너나 잘하라니까, 새끼가…… 나중에 전화해. 바로 튀어갈 테니까."

이성근은 전화를 끊은 뒤 현관 앞에 앉아 담배를 피웠다.

"왜 군인 옷을 입었는지 알 수가 없네……"

아내가 아기를 어르며 중얼거렸다.

"군인 옷인 건 어떻게 알아?"

"베트남에도 군인 많아요. 군인 옷을 왜 몰라요."

"알 건 다 알아가지고……"

그는 웃으며 비가 그쳐 맑은 공기 속에 연기를 길게 내뱉었다.

"왜 군인 옷을 입었냐니까요."

"그럴 일이 있어……"

그는 말하려 하지 않았다.

"무슨 일인데요."

"전쟁 나가는 거 아니니까 걱정하지 마."

"전쟁이야 안 나가죠. 전쟁이 안 일어났으니까."

그때 아이가 울었다. 그는 일어나 집게손가락 끝으로 아기 볼을 살짝 건드렸다.

"저녁에 나갔다 금방 들어올 거야. 집에서 애 잘 보고 있어."

"나쁜 일 하는 거 아니죠."

아내가 의심스러운 눈초리로 물었다.

"너네 나라에서는 군인이 나쁜 일 하나?"

"궁금하니까 그러는 거죠."

"나쁜 일이 아니라 아주 좋은 일 하러 간다."

"진짜요?"

"얘가 왜 사람 말을 못 믿어…… 좋은 일 하러 간대도."

그제야 아내는 희미하게 웃음을 띠었다.

비는 그쳤지만 날은 일찍 어두웠다. 그가 다시 전화를 건 것은 서쪽 하늘에 머문 먹구름 사이로 긴 햇살이 내려올 때였다. 전화를 끊자 곧 두 사람이 그의 집으로 와 지프에 올라탔다. 이성근은 운전석에 올랐다. 그는 말이 없었다. 그는 전화가 오기만을 기다렸다. 서쪽 하늘에 내려오던 햇살이 다른 먹구름에 가리었다.

"지금 막 나갔어요."

진표는 짧게 말하고 전화를 끊었다. 그는 시동을 걸자마자 말없이 앞으로 달려나갔다. 차의 속도가 올라갈수록 그는 고개를 앞으로 기울여 밖을 멀리 내다보았다. 정비소를 지나 온천으로 올라가는 길에서 윗마을 청년의 차를 발견한 뒤에야 그는 "있다!"라고 짧게 말하고는 천천히 속도를 줄였다.

윗마을 청년의 차는 점점 왼쪽으로 기울었다. 청년은 그걸 모르는 듯했다. 그는 청년의 차가 기울어가는 걸 뚫어지게 바라보다 좀체 차가 서지 않자 자기도 모르게 소리를 질렀다.

"주저앉아라, 주저앉아!"

윗마을 어귀까지 가지 않고 청년의 차는 한쪽으로 기울어 털털거리는 소리를 내더니 천천히 숲 쪽 공터로 가 멈추었다.

"됐다, 새끼……"

그는 그 뒤로 천천히 다가갔다. 그는 윗마을 청년의 차에서 멀찌감치 떨어져 청년의 행동을 주시했다. 청년은 운전석에서 내려 주저앉은 바퀴를 들여다보더니 한심하다는 듯 정비소 쪽을 쳐다보았다. 이성근은 차에서 내려 그쪽으로 다가갔다.

"이거 뭐야, 완전히 주저앉았네요."

이성근은 바퀴 앞에 쪼그려앉았다.

"지금 막 정비소에서 갖고 나온 찬데, 기가 막혀서……"

청년은 혼잣말로 중얼거렸다.

"지금 막 고쳐서 나온 차라고요?"

쪼그려앉은 채 올려다보자 청년이 아무 말 없이 그를 내려다보았다. 이성근은 일어나서 주저앉은 타이어를 발로 툭툭 찼다.

"그래도 오늘은 음주운전은 안 했네."

그는 기환을 바라보았다.

"조용히 따라와."

그는 기환의 팔을 잡아 숲 쪽으로 이끌었다.

"당신 뭐야!"

기환이 소리쳤다.

그는 무릎으로 기환의 배를 걷어찼다. 기환이 소리없이 그 자리에 고꾸라졌다. 그는 뒤를 보며 손짓했다.

"불 다 끄고 와!"

불을 끄자 숲은 일찌감치 어둠에 잠겼다. 비가 온 날이었다. 이성근은 주머니에서 손전등을 꺼내들고 기환을 일으켜 오솔길로 접어들었다.

윗마을 청년의 차바퀴에 구멍을 낸 뒤로 진표의 얼굴은 부자연스럽게 굳어갔다. 청년회 사람들을 태운 지프가 정비소 앞을 쏜살같이 지나가자, 진표는 정비소 앞으로 달려나가 지프가 달려가는 뒷모습을 굳은 표정으로 지켜보았다. 그전에, 윗마을 청년은 두통에 시달리는 것 같은 찡그린 얼굴로 들어와 말없이 차를 몰고 나갔다. 비가 내린 뒤라 날이 일찍 어두웠다. 온천으로 가는 길로 들어서며 진표는 차 앞유리 가까이 몸을 기울여 저녁 어스름 속을 뚫어지게 쳐다보았다.

"씨발, 잘못됐으면 어쩌냐."

진표는 눈을 가늘게 뜨고 앞을 내다보았다. 숲은 검게 물들어 있었다. 앞에서 온 차가 불빛을 남기고 지나가면 진표는 고개를 거두어들였다 다시 어둠을 향해 몸을 기울이곤 했다.

“보여라, 제발 보여라……”

진표는 조심스럽게 차를 몰았다. 온천으로 올라가는 고갯길 위를 넓게 덮은 먹구름 틈으로 옅은 빛줄기들이 내려왔다. 먹구름 뒤에 노을이 검붉게 번져 있었다.

“저거 아냐?”

진표가 눈을 가늘게 뜨고 어두운 숲 아래 한쪽을 가리켰다. 숲 쪽 공터에 조금 전 정비소 앞을 지나쳤던 지프와 윗마을 청년의 차가 잇달아 서 있었다.

“맞다!”

진표가 외쳤다. 진표는 차를 세우고 내리자마자 청년의 차로 달려갔다. 진표는 청년의 차 앞바퀴 옆에 쪼그려앉아 주저앉은 타이어를 유심히 들여다보았다.

“제대로 터졌네, 제대로 터졌어……”

진표는 힘없이 주저앉은 타이어를 손가락으로 꾹꾹 눌렀다. 온천 쪽에서 내려온 차가 불빛을 비추며 지나가곤 했다.

“어디로 데려간 거야?”

그렇게 묻자 진표는 일어나 손을 탁탁 털며 숲을 올려다보았다.

“얼마 못 가서 있을 거야. 멀리 가면 전화한다고 했거든.”

“그냥 무작정 올라가는 거야?”

“올라가면 신호를 보낼 거야. 못 찾으면 전화 걸지, 뭐.”

진표는 차로 돌아가 손전등을 가지고 나오더니 윗마을 청년의 차 앞에서 숲을 한번 올려다보고는 오솔길로 올라가기 시작했다.

"이쪽 산은 다 얕아서 만나게 돼 있어."

차로의 가로등 불빛이 남아 진표는 한동안 손전등을 켜지 않았다. 숲은 낮에 내린 비에 젖어 있었다. 오십 미터쯤 올라가 발밑이 캄캄하고 뒤에서 간간이 들리던 차 소리도 아득해지자 진표는 손전등을 켜 앞을 비추었다. 가파른 길이 아닌데도 진표는 땀을 흘리고 가끔 멈추어 크게 숨을 쉬곤 했다. 나뭇가지를 붙잡았다 놓으면 잎에서 빗방울이 떨어졌다. 올라갈수록 숲은 어두웠다. 나무줄기들이 모두 검게 물들어 있었다.

"어디까지 간 거야……"

진표는 멈추어 손전등 불빛을 멀리 보내곤 했다. 구름 뒤에서 나온 달은 머리 위 가까이 있는 듯 또렷했다.

"그래도 꽤 올라갔을 거야. 사람들 모르게 하려면."

진표가 멈춰 서서 손전등을 뱀 머리처럼 이리저리 비추었다. 얼마 지나지 않아 앞에서 다른 손전등 불빛 하나가 어른거렸다. 진표가 불빛으로 화답하자 또다른 불빛이 천천히 다가와 진표를 기다렸다.

"진표냐?"

"예."

불빛은 두 사람을 기다리고 있다 돌아서서 앞장서 걸어갔다. 불빛이 멈추어 선 곳은 산을 개간하다 남은 작은 풀밭이었다. 불빛이 사람의 형체를 갖추며 다가와 낮게 말했다.

"조지려면 확실히 조져야 된다. 그래야 뒤탈이 없어."

"예."

진표가 힘주어 대답했다.

불빛 아래로 남자의 군복 바지와 군화가 드러났다. 풀밭 가운데에는 윗마을 청년이 곁에 선 남자 둘의 불빛을 받으며 개장수에게 잡혀온 개처럼 꿇어앉아 있었다. 군복 입은 남자는 굵고 긴 나뭇가지를 지휘봉처럼 짚고 있어서 야전사령관 같은 냄새를 풍겼다. 윗마을 청년은 불빛 하나가 더 합세하자 앞을 바라보느라 들었던 고개를 깊이 떨어뜨렸다. 네 개의 불빛이 청년을 비추었다. 청년은 군복 입은 남자를 향해 고개를 들었다.

"잘못했습니다. 한 번만 용서해주십시오."

그리고 다시 고개를 숙였다. 곁에 선 사람들은 불빛을 비추며 청년을 내려다보았다.

"부탁하겠습니다. 다시는 안 그럴 테니 한 번만 용서해주십시오. 안 그래도 개학이라 학교에 내려갈 생각이었습니다."

이미 폭력이 지나간 듯 청년의 몸 이곳저곳에 흙과 풀잎이 묻어 있었다.

"이럴 걸 왜 진작 조용히 못 살았어, 새끼야."

군복이 말했다.

"죄송합니다. 저도 제가 왜 그랬는지 모르겠습니다. 앞으로 다시는 그런 일 없을 겁니다."

"넌 말이야…… 술 처먹고 운전한 것만으로도 벌써 감옥에 갔어야 했어, 새끼야. 마음대로 차를 몰고 다니질 않나, 잘못도 없는 사람한테 가서 협박을 하질 않나…… 네가 저지르고 다닌 일이 한둘이야? 할 짓 다 해놓고 이제 와서 잘못했다고 용서를 빌어?"

"제가…… 좀 정신이 나갔었나봅니다. 잘못했습니다."

청년은 다시 고개를 숙였다.

"정신이 나가? 알긴 아는구나. 제정신 아닌 놈은 어떻게 해야 돼. 맞아야지."

"누굴 해치거나 할 생각은 없었습니다."

"해칠 생각이 없었으면 뭐야. 무시한 거야?"

"아닙니다. 그냥……"

"그냥, 뭐."

"그냥…… 제가…… 좀 힘들었습니다. 부탁하겠습니다. 이해해주십시오."

"힘들어? 집에 가면 밥 세 끼 차려주고 차까지 사주는데 뭐가 힘들어. 그래, 뭐가 힘든지 들어나보자."

청년은 고개를 숙인 채 대답하지 않았다.

"좋다, 백 번 물러서서 힘들었다고 치자. 네가 힘든 거하고 술 처먹고 운전하고 다니면서 잘못도 없는 사람한테 가서 협박하는 거하고 무슨 상관이 있어. 네가 힘들면 다른 사람한테 네 마음대로 해도 된다 이거야?"

"잘못했습니다. 그러려고 한 건 아닙니다."

"아니긴 뭐가 아니야, 새끼야."

군복은 지팡이 위에 두 손을 모으고 청년에게 불빛을 비추었다. 고개를 숙였던 청년이 용서를 구하느라 고개를 들면, 얼굴이 그 불빛 속으로 들어오곤 했다.

"앞으로는 방학에도 집에 안 올 생각입니다. 앞으로 이 마을에 아예 없을 겁니다."

"그래? 그거 잘 생각했다."

군복은 지팡이를 짚은 채 쪼그리고 앉았다. 청년의 얼굴이 손전등 불빛에 환히 드러났다.

"네가 술 처마시면서 차 몰고 다닌 게 작년부터야. 내가 모를 줄 알지. 마을 사람들이 다 알면서 봐주고 있었던 거야. 너 한 달 전쯤에 가로수 들이받고 그대로 내뺐지. 그것도 모를 줄 알지. 우리가 몰라서 눈감아준 줄 알아?"

청년은 비 오듯 땀을 흘렸다.

"이 마을에서 꺼지는 건 좋아. 대신 그동안 저지른 죗값은 하고 가야지."

군복은 자리에서 일어나 곁에 선 청년회 사람들과 진표에게 손전등을 끄라고 지시했다. 군복이 든 손전등 하나만 청년을 비추었다.

"난 말이야, 이상하게 너같이 살찐 놈 보면 진절머리가 나."

군복은 손전등을 끄고 어둠 속에서 몇 걸음 뒤로 물러나더니 바람 가르는 소리를 내며 앞으로 달려나가 청년을 걷어찼다. 옆은 달빛 속에 그 모습이 잔상으로만 남았다. 곧이어 어둠 속에서 난폭한 숨소리와 발길질 소리, 그때마다 고통스러운 소리가 흘러나왔다.

"개새끼…… 너…… 마을 사람들…… 우습게…… 보는 거지."

군복은 좀처럼 발길질을 멈추려 하지 않았다. 어느 순간부터 어둠 속에서는 거친 숨소리와 발길질 소리만 흘러나왔다. 모두 어둠 속에 들어가 있었다. 숲에서 내려온 바람이 풀밭을 훑고 지나갔다. 군복이 제자리로 돌아와 다시 손전등을 켜자, 불빛 속에서 청년이 모로 고꾸라져 있었다. 군복은 잠시 숨을 고르다 다시 지팡이를 짚고 그 위에 두 손을 모았다.

"일어나."

군복이 말했다. 사람들이 하나둘 손전등을 켰다.

"힘들어? 이제 뭐가 힘든지 알 거다."

군복은 바짓가랑이를 툭툭 털었다. 모로 엎드린 청년은 움직이지 않았다.

"일어나."

군복이 다시 조용히 말했다. 청년은 꼼짝하지 않았다.

"셋 셀 동안 안 일어나면 다시 불 끈다."

군복은 지팡이 위에 손을 모은 채 청년을 비추었다. 청년은 움직이려 들지 않았다.

"엄살 부리지 마, 새끼야. 안 죽을 만큼만 팼어. 자, 하나."

군복은 경멸하듯 내려다보았다.

"둘. 안 일어나면 다시 불 끈다."

청년은 움직이지 않았다.

"셋. 불 꺼."

모두 다시 일시에 불을 껐다. 군복은 다시 달려들어 청년을 짓밟았다.

"감히…… 어디서…… 엄살을 떨어…… 그런다고…… 내가…… 봐줄 줄 알아…… 이…… 개새끼야…… 남의 집에 가서…… 협박할 때는 언제고……"

군화가 짓밟는 소리 말고는 다른 소리는 흘러나오지 않았다. 청년은 그저 맞고만 있었다. 군복은 제자리로 돌아와 손전등을 켰다. 모로 누운 청년의 셔츠가 올라가 군홧발이 지나간 흔적이 남아 있는 배가 흉측하게 불빛에 드러났다.

"일어나."

군복이 말했다. 청년은 몸을 뒤채듯 일어나 무릎을 꿇고 앉았다.

"그래. 시키는 대로만 하면 더 안 맞는 거야."

군복은 천천히 지팡이를 몇 번 땅에 두드렸다. 청년은 천천히 고개를 들어 군복을 지나 어둠뿐인 곳을 바라보았다. 청년의 눈은 닫혀 있다시피 했다. 청년은 체념에 젖은 듯 어둠 속을 바라보다 조용히 고개를 떨어뜨렸다.

"형, 그만해요."

진표가 군복에게 낮게 속삭였다.

“뭘 그만해. 내가 뭘 했는데.”

진표가 멋쩍게 웃자 군복이 손전등을 들어 진표의 머리를 툭 쳤다.

“넌 입 다물고 내가 시키는 대로만 해.”

진표는 말없이 물러나 손전등으로 청년을 비추고만 있었다.

그때까지만 해도 군복은—어느 집단이든 한 사람씩 있게 마련인—그저 주먹 쓸 일에는 이상할 정도로 흥분하는 그런 부류의 사람으로만 보였다. 군복은 알 수 없는 사람이었다. 그는 집요한 데가 있었고, 그를 추동하는 것이 무엇인지 곁에서 봐서는 전혀 알 수 없는 사람이었다.

청년은 체념에 젖어 고개를 숙이고 있다, 가끔 고개를 들어 사람들 너머 어둠을 바라보곤 했다. 갈매기집 앞에서 하늘을 바라보았듯, 청년은 다른 곳에 있는 어떤 것을 떠올리려 하는 듯했다.

“자, 이제 좀 놀아야지.”

놀자고 했지만, 군복의 말은 스산함만 불러일으켰다. 군복은 지팡이를 짚으며 물러나 혼자 언덕진 곳에 가 앉았다.

“다들 이리로 와.”

사람들은 군복 곁으로 가 청년을 향해 불빛을 비추었다. 청년은 무릎을 꿇고 고개를 숙인 채 홀로 남아 있었다.

“바지 벗어.”

군복이 말했다. 군복은 천천히 담배를 꺼내 피워물었다.

"바지 벗으라고."

청년회 사람들 가운데 하나가 멋쩍은 얼굴로 군복을 바라보았다. 군복은 그쪽은 돌아보지도 않고 청년만 노려보았다. 청년은 앉은 채로 움직이지 않았다.

"내 말 안 들려? 바지 내리란 말이야, 이 좆만한 새끼야!"

청년은 결심한 듯 허리띠를 풀고 바지를 무릎까지 내렸다.

"그래. 시키는 대로만 하면 안 맞는다고 했잖아. 빤스도 내려."

군복이 담배를 피우며 말했다.

"형, 잠깐만요."

진표가 나섰다.

"그만합시다……"

진표가 얼굴을 찌푸리며 말했다. 군복은 그 자리에서 용수철처럼 튀어올라 진표의 가슴을 차 넘어뜨렸다. 잠시 어둠 속으로 사라졌던 진표가 군복의 손전등 불빛 안으로 걸어들어왔다.

"주둥아리 안 닥쳐? 어디서 감히……"

군복은 다시 언덕진 곳으로 가 앉아 윗마을 청년을 향해 불빛을 비추었다.

"안 벗어? 다시 불 끌까?"

말리려 들면 그의 화만 더 돋울 뿐이었다. 청년은 아무 말 없이 줄무늬 팬티를 벗어 무릎 가까이 내렸다.

"자, 이제부터 한 사람씩 나가서 돼지 새끼 한 바퀴씩 돌리고 온다."

군복은 시범을 보이려 앞으로 걸어나가 청년의 뒤에 가 서서 희게 드러난 청년의 엉덩이를 내려다보았다. 군복은 지팡이로 청년의 엉덩이를 쿡쿡 찔렀다.

"자, 꿀꿀 하면서 간다, 꿀꿀!"

청년은 움직이지 않았다.

"기어가란 말 안 들려? 맞을래, 기어갈래. 꿀꿀!"

군복이 소리를 질렀다. 청년은 고개를 숙이고 엎드려 자비를 구하듯 조용히 흐느꼈다. 군복은 지팡이를 들어 바람 가르는 소리를 내며 청년의 엉덩이를 내리쳤다.

"꿀꿀!"

바지와 팬티를 무릎 근처까지 내린 청년이 네발짐승 걷듯 앞으로 기어갔다.

"꿀꿀 하란 말이야!"

군복이 다시 엉덩이를 내리쳤다.

"꿀꿀!"

청년은 그렇게 소리치며 앞으로 기어갔다. 군복은 기어가는 청년 뒤에서 불빛을 비추며 따랐다. 청년이 곧장 앞으로 기어가면 군복이 지팡이로 엉덩이를 찔러 방향을 바로잡곤 했다.

"돌아, 돌아. 한 바퀴 돌아. 꿀꿀!"

청년이 '꿀꿀'을 외쳤다. 청년이 제대로 기어가자 군복은 채찍질하듯 가볍게 엉덩이를 내리쳤다. 청년은 '꿀꿀'을 외치며 원을 돌아 제자리에 돌아와서 땅 위에 그대로 엎드렸다. 청년의 흰 엉덩이가 드러났다. 청년의 바지와 팬티는 발목까지 내려가 있었다.

군복이 모진 표정으로 돌아왔다.

"자, 여기가 관객석이다. 한 사람씩 나가서 돌려."

군복은 지팡이를 내밀고 사람들을 두루 훑어보았다. 그리고 창수를 보자 생각났다는 듯 말했다.

"진표 친구라고?"

"예."

"어디 살아?"

"정비소 위쪽에 삽니다."

"근데 어쩌다 여기까지 왔어?"

대답하지 않았다.

"구경 왔어?"

"아닙니다."

"아니면 뭐라도 하나 하고 가야 되는 거 알지?"

"예."

군복은 웃음을 머금고 고개를 돌렸다.

"누군 애쓰는데 구경만 하고 가면 안 되지. 자, 빨리 말해. 누구부터 할래."

누구도 선뜻 나서지 않았다. 군복은 지팡이를 진표에게 내밀었다. 진표는 굳은 얼굴로 서서 받으려 하지 않았다.

"건방지게 굴 거야? 다시 맞아볼래?"

진표는 어정쩡하게 지팡이를 받아들었다. 진표는 지팡이를 들고 천천히 앞으로 걸어갔다. 진표는 지팡이를 두 손으로 쥐고 있었다.

"어서 돌려."

군복이 말했다. 진표는 청년 뒤에 서서 지팡이를 쥐고 물끄러미 청년을 내려다보며 서 있었다.

"여기 있는 사람 다 할 거야. 너만 하는 거 아니야."

군복이 말했다.

진표는 두 손으로 잡은 지팡이로 청년의 엉덩이를 쿡쿡 찔렀다. 청년은 엎드린 채 움직이려 하지 않았다. 군복이 갑자기 일어나 손전등을 내던지며 달려나가더니 다시 진표의 가슴을 걷어차 넘어뜨렸다.

"계속 그렇게 해봐. 너부터 죽을 테니까."

군복은 내던졌던 손전등을 주우며 돌아왔다. 어둠 속으로 들어갔던 진표가 천천히 일어나 옷을 털고 청년의 뒤에 가 섰다. 진표는 지팡이로 청년의 엉덩이를 세게 내리쳤다. 마치 군복에게 하고 싶은 짓을 청년에게 대신 하는 듯했다.

"꿀꿀!"

진표가 소리쳤다. 청년이 서서히 몸을 일으켜 기어갔다.

"꿀꿀 해!"

청년이 "꿀꿀!" 소리쳤다.

"늦다, 늦어. 너무 늦잖아!"

군복이 소리쳤다.

진표는 다시 지팡이를 들어 청년의 엉덩이를 내리쳤다. 청년이 좀더 빨리 기어갔다. 반환점을 돌자 청년은 작정한 듯 스스로 "꿀꿀!" 외치며 기어 제자리로 돌아갔다. 진표가 천천히 걸어 들어와 군복의 시선을 외면한 채 지팡이를 내밀었다.

"날 주지 말고 다음 사람한테 줘."

진표는 청년회 사람들 둘에게 지팡이를 내밀었다. 청년회 사람들 가운데 하나가 맞은편을 쳐다보았다.

"진표 친구라고?"

"예."

"그쪽부터 먼저 해봐."

사람들이 일제히 시선을 돌렸다. 청년회 사람은 낯선 자를 경계하고 있는 것 같았다.

"자, 시간 없으니까 빨리 나가서 해."

군복이 가세했다.

지팡이를 받아들었다. 청년은 고개를 숙인 채 엎드려 있었다. 청년에게 걸어가기 전 군복에게 물었다.

"왜 그런 짓을 하고 다녔는지 물어보기나 하죠."

"물어? 왜 물어. 아까 다 물어봤어. 시키는 짓이나 해."

"한번 더 물어보고 싶습니다."

"누가 너한테 그런 짓 하래. 시간 없어, 새끼야. 따라왔으면 잠자코 하라는 거나 해.”

하지만 청년에게 다가가 그 앞에서 물었다.

“왜 그런 짓을 하고 다닌 거야.”

청년은 고개를 숙이고 아무 말도 하지 않았다.

“대답해. 야 이 새끼야, 묻잖아! 왜 그런 짓 하고 다녔느냐고!”

그렇게 소리치자 청년은 고개를 조금 들어 무릎 앞 맨땅을 내려다보았다.

“어릴 때 힘든 일이 있었습니다.”

“뭔데.”

“어릴 때 같은 반 애가 저 때문에 죽었습니다. 그뒤로 그냥 힘들었습니다.”

그 말이 묘한 기분을 불러일으켰다.

“너 때문에?”

“사고였습니다.”

뒤에서 군복이 무슨 말을 중얼거렸다.

“너 이름이 뭐야.”

창호를 괴롭혔다는 아이의 이름은 몰랐다.

“박기환입니다.”

“무슨 사고.”

청년은 대답하지 않고 다시 고개를 숙였다.

“그게 언제야.”

청년은 대답하지 않았다.

"이 새끼가…… 하라는 짓은 안 하고. 누가 그런 거 꼬치꼬치 물어보고 있으래."

뒤에서 군복이 말했다.

"하여튼 또라이 새끼…… 어릴 때부터 별짓을 다 했구먼. 사람이 죽어? 잘났다, 잘났어……"

군복이 중얼거렸을 때 청년의 몸이 움찔했다. 청년은 고개를 숙인 채 잠시 몸을 부들부들 떨었다. 그 모습을 본 군복이 다가왔다.

"어쭈 이 새끼 봐라……"

군복은 고개 숙인 청년의 머리 위에 군홧발을 얹었다.

"깔아, 새끼야."

군복은 발로 청년의 고개를 눌렀다. 청년은 고개를 숙이지 않고 버텼다.

"죽고 싶어?"

군복은 더욱 세게 청년의 머리를 내리눌렀다.

"제가 알아서 하겠습니다."

그렇게 말하니 군복이 발을 내려놓았다.

"너 이름이 뭐야."

"조창수입니다."

"누가 너한테 그런 거 물어보랬어."

"죄송합니다."

"너 이 동네 온 지 얼마나 됐어."

“한 일 년 됐습니다.”

“그러면 시키는 대로 할 것이지, 네가 뭔데……”

군복이 주먹을 쥐고 가슴팍을 때렸다.

“이유를 따지고……”

다시 주먹으로 때렸다.

“이 동네 온 지 얼마 되지도 않은 새끼가……”

군복은 세 대에서 멈추었다.

지팡이를 들어 내리치자 청년이 스스로 “꿀꿀!” 외치며 기어 금세 한 바퀴 돌더니 제자리로 돌아와 굳은 얼굴로 무릎을 꿇었다.

청년회 사람들이 한 사람씩 나왔을 때도 청년은 스스로 “꿀꿀!” 외치며 재빨리 원을 돌아 제자리로 돌아가곤 했다. 군복이 김이 빠졌다는 듯 중얼거렸다.

“돼지 새끼가 따로 없구먼……”

모두 한 바퀴씩 돌리자 군복이 바지를 털며 자리에서 일어났다.

“자, 다들 수고 많았다.”

군복은 마지막으로 손전등 불빛을 청년에게 비추었다.

“넌 내일 당장 학교든 어디든 내려가. 내일부터 내 눈앞에 보이면 그날이 제삿날인 줄 알아, 알았어?”

청년은 맨땅을 내려다보며 꼼짝하지 않았다.

군복은 불빛을 거두었다. 군복이 오솔길을 비추며 걸어가자 청년회 사람들이 뒤를 따랐다. 그 뒤에 따라가던 진표가 뒤돌아

다시 청년에게 불빛을 비추었다. 어둠 속에 들어갔다 다시 불빛
을 받은 청년은 조금 전 그 자세 그대로였다.

5장

어머니는 침대 위에 오도카니 앉아 창밖을 내다보고 있었다.
창밖으로 햇살이 눈부셔 그 모습이 유난스레 고왔다. 어머니는
병실로 들어서는 아들을 보고 얼굴을 환히 밝히고 웃었다.
"왜 아무 말씀도 안 하셨어요."
어머니는 조심스럽게 움직여 침대 아래로 내려섰다.
"괜찮아. 너까지 올 거 없으니까 안 했지."
"그래도 수술까지 받으시면서 너무하셨어요."
"수술이라고 해도 간단한 거야. 하루 아프더니 다음날부턴 아
픈 것도 모르겠더라."
"이제 괜찮으세요?"
"괜찮아. 몸이 아주 가뿐해."
맞은편 환자가 침대에 앉아 말을 건넸다.
"아들인가봐요."

“예.”

“엄마 마음이란 게 그런 거예요. 나중에 더 커서 애 낳게 되면 그 마음 알 거야.”

그러자 곁에 있던 환자들이 따라서 조용히 웃음을 머금었다.

“걷는 건 어때요?”

“걸을 만하지. 아침에도 혼자 바깥에 산책하고 왔어.”

“아버지도 똑같아요. 여태 아무 말 없다가 오늘 아침에야 지나가는 말처럼 네 엄마 좀 모시고 와라, 그러더라니까요.”

“내가 그러자고 했어. 며칠 걸리지도 않으니까.”

어머니는 조용히 웃었다. 어머니는 환자들에게 쾌차를 비는 인사를 건네고 천천히 병실 밖으로 걸어나갔다.

“날씨 좋다.”

어머니는 복도를 지나다가 넓은 복도 창문 밖을 바라보았다.

“입원하고 있으니 답답하셨죠?”

“응, 좀. 수술보다 그게 더 힘들더라. 오래 있는 사람들은 오죽하겠냐.”

“미리 말씀하셨으면 제가 왔을 텐데.”

“괜찮아. 마음 쓸 거 없어. 며칠 병원에 있는 것도 괜찮더라.”

일층 로비를 지나 밖으로 나가자 어머니는 이마에 손을 얹고 한동안 병원 앞을 내다보았다.

“참, 너 아버지한테 휴가 얘기 들었지?”

“예.”

"간다고 했어?"

"가야죠. 저야 상관없지만 어머니가 이래서 갈 수 있겠어요?"

"갈 수 있어. 다 차 타고 가는 건데 어때. 의사 말이 무리하지만 말래. 내가 바다에 갈 거라고 그랬더니 물에 들어가 헤엄만 치지 말라고 하더라."

어머니는 혼자 웃음을 터뜨렸다.

"근데 돌은 왜 생긴 거래요?"

"모르지. 사람 몸이 하는 걸 어떻게 알겠어."

어머니는 길게 늘어서 볕을 받고 있는 택시들 쪽으로 걸어갔다. 맨 앞에서 기다리고 있던 택시기사가 걸어와 어머니에게 문을 열어주었다. 어머니는 차에 오르자마자 에어컨을 꺼달라고 하고는 차창부터 내렸다.

"퇴원하는 길이세요?"

기사가 백미러로 어머니를 보며 물었다.

"예."

"어디, 많이 아프셨어요?"

"담에 돌이 생겨서…… 수술받았어요."

"아이고, 고생하셨네. 날도 더운데."

택시는 미끄러지듯 앞으로 나아갔다.

"진서는 알아요?"

"병원에 있었던 거?"

"예."

"모르지. 너한테도 얘기 안 했는데. 걔야 그냥 이모 집에서 며칠 놀다 오는 거야."

"아버지 말로는 바다 간다고 아주 신이 났다던데요."

"그럴 거야. 그동안 자기만 바다 못 갔다고 얼마나 섭섭해했는지 몰라."

어머니는 고개를 돌려 창밖을 바라보았다.

전날 비가 내린 탓인지 하늘이 맑았다. 어머니는 창으로 들어오는 바람을 쐬며 바깥을 내다보다, 덥다고 느끼면 가벼운 한숨을 내쉬곤 했다.

"휴가 가면 네가 오빠 노릇 좀 해. 걔가 누구하고 놀겠어."

"그래야죠."

"참, 넌 방학도 다 끝나가는데 왜 복학한다 만다 말이 없니."

"복학할 거예요."

"근데 왜 아무 말이 없어."

그 말에 아무 대답도 하지 않았다.

"너도 참…… 네 아버지를 닮아서 그러냐. 왜 이런다 저런다 말을 안 해."

어머니는 눈을 흘겼다.

"말하려고 했어요."

"이렇게 꼭 누가 말을 해야 입을 열고……"

병이 나은 탓인지, 못마땅해하는 어머니의 모습이지만 그 안에 어딘가 홀가분해진 것 같은 느낌이 남아 있었다.

“자, 몸조리 잘 하십시오.”

차를 세우며 택시기사 말했다. 읍은 시가지보다 더웠다. 숲에서 이제 삶이 얼마 남지 않은 매미들이 세차게 울었다.

정비소 앞을 지날 때 진표가 안에서 할 말이 있다는 뜻을 눈짓으로 보냈다. 어머니는 천천히 걸음을 옮기다 멈추어 손수건으로 땀을 닦곤 했다.

“그래도 집이 좋죠?”

“집이 최고지. 집 나가면 다 고생이야.”

집으로 들어서자마자 어머니는 텃밭의 작물을 둘러보더니 툇마루로 가 앉았다.

“들어가서 쉬세요.”

“쉬긴. 며칠 누워 있었더니 눕는 게 아주 지겹다. 이렇게 앉아 있는 게 좋아.”

어머니는 마당을 우두커니 내다보았다.

“병원이 아니라 어디 먼 데 다녀온 것 같다.”

어머니는 혼자 웃음을 지었다.

진표는 정비소 밖에서 온천 쪽을 바라보며 담배를 피우고 있었다.

“무슨 일인데.”

그러자 진표는 소리를 낮추어 말했다.

“그 새끼 차 아직 그대로 있어.”

온천 가는 길은 한낮 더위에 달아올라 있었다.

"멀리서 보면 꼭 누가 버려놓고 간 거 같다니까. 지나가는 차들이 한 번씩 다 쳐다보고 가. 그 새긴 왜 차도 안 가져가고 난리야."

"너라면 그 정신에 차 가져가겠어?"

"아침에라도 좀 가져가지. 밤엔 몰랐는데 낮에 보니까 아우…… 볼 때마다 어젯밤 일이 생각나서……"

진표는 얼굴을 찌푸리며 온천 쪽을 내다보았다.

"성근 형이라는 사람 좀 이상한 사람 아냐?"

"그렇지?"

"왜 안 그러겠어."

"너 말 잘 꺼냈다."

진표는 야무지게 쳐다보았다.

"내가 어제 그 인간 보고 딱 알았다는 거 아냐."

"뭘?"

"그 인간 좀 이상한 데가 있어. 아니, 원수진 것도 아니면서 대체 사람한테 왜 그렇게 지랄을 하는지 몰라…… 하여튼 어제 그 인간 한창 지랄 떨 때 딱 생각나는 게 있더라고."

"뭔데."

진표는 곁에 침을 뱉고 다가와 다시 속삭였다.

"그 인간이 마누라 때린다는 소문이 있었어."

"그래?"

"베트남 여자하고 결혼했거든. 그래놓고 허구한 날 후진국에서 왔다고 놀리고 구박한대."

"아니, 그럴 거면 왜 결혼했어?"

"내가 아냐? 알고 보면 그런 인간이라니까. 사람을 씨발 뭐로
아는지 몰라……"

진표는 다시 곁에 침을 탁 뱉었다.

"하여튼…… 내가 어제 그 인간 지랄 떨 때 그 생각이 딱 나
더라. 씨발, 어제 한번 올라타는 건데……"

진표는 더운 공기 속으로 담배연기를 길게 내뱉었다.

"그나저나 걘 어떻게 됐을 것 같아?"

"네 생각은 어때?"

진표가 되물었다.

"그 형 말처럼 곱게 물러나진 않을 것 같은데……"

"네 생각도 그렇지? 씨발, 동네 개라도 그 꼴 당하곤 가만히
안 있겠다. 가서 물지. 하여튼 성근 형 그 개 또라이……"

진표는 허공을 향해 얼굴을 찌푸리고 담배연기를 내뱉다 중얼
거렸다.

"이러다 나만 좆되는 거 아닌지 모르겠다."

"왜."

"그 새끼가 신고라도 하면 내 이름부터 댈 거 아냐."

"왜 너부터 대."

"씨발, 타이어에 구멍 낸 게 누군데."

"그거야 성근 형이 시켜서 한 거지, 네가 하고 싶어서 한 게

아니잖아."

"누가 그걸 알아주기나 한대? 씨발, 어젯밤에 집에 가서 자리
에 누웠는데 잠이 안 와. 아마 꼰대만 알아도 나 죽인다고 덤벼
들 거다."

진표는 울타리 너머 삼촌을 흘끗 쳐다보았다.

"성근 형이 입조심하고 다니래."

진표가 풀이 죽어 말했다.

"왔다 갔어?"

"어제 거기 갔다 왔나봐. 그 새끼 차 아직 거기 있다고 하더라
고. 그러면서 차 가져갈 때까지 입조심하고 있으래나 뭐래나. 씨
발, 일은 누가 싸질러놓고 누구더러 입조심을 하라느니 말라느
니 하는 거야? 개 또라이…… 정말 내가 왜 그 인간을 믿고 시
키는 대로 했나 몰라. 내가 미쳤지……"

진표는 허공에 담배연기를 내뱉고 굳은 표정으로 꽁초를 바닥
에 내던졌다.

"이제 난 몰라. 일 더 커지면 그 형이 다 책임져야 돼."

진표는 울타리 위에 올려놓았던 장갑을 다시 꼈다.

"차야 가져가겠지."

"몰라. 난 신경 안 쓴대도. 일이나 할래. 무슨 일 나면 성근 형
더러 다 알아서 하라고 해."

진표는 곁에 침을 탁 뱉고 안으로 들어갔다.

저녁에 이모와 이모네 아이들, 진서가 오자 며칠 동안 적적하

던 집이 일시에 활기로 넘쳤다. 진서는 어머니를 보자마자 품으로 들어가 한껏 어리광을 부리며 사촌들에게 휴가 자랑을 늘어놓았다.

"며칠 남았어?"

"아버지한테 물어봐."

"아버지! 우리 바다 가는 거 며칠 남았어?"

진서가 어머니 품에서 소리치자 텃밭에 있던 아버지가 웃으며 돌아보았다.

"닷새."

"오 일?"

"응."

"아직?"

"닷새면 금방이지."

"뭐가 금방이야. 너무 길지."

진서는 울상을 짓다가도 어머니 품에서 벗어나자마자 신이 나 툇마루 위를 뛰어다녔다.

저녁식사 뒤에 모두 평상에서 수박을 먹다 아이들이 하나둘 방으로 들어가자 어머니와 이모가 따라 방으로 들어갔다. 아버지는 집 앞에서 긴 나뭇가지를 주워 와 텃밭에 지주를 대고 거기에 토마토 넝쿨을 묶었다.

"동해로 가도 괜찮을 것 같아요. 아직 날이 더워서."

"그렇지? 아직은 괜찮을 거다."

아버지는 토마토와 상추 잎을 솎아냈다.

"숙박도 괜찮대요. 휴가철이 지나서."

"예약 안 해도 된대?"

"예. 방이 남는다던데요. 오히려 너무 한적하지 않을까 싶어요."

"식구끼리 가기엔 그런 게 나아. 사람 많아봐야 정신없기만 하지."

아버지는 다시 텃밭의 작물들을 돌보았다. 평상으로 돌아가면 물어보려던 참이라 한동안 뒤에서 작물들을 돌보는 아버지 손만 바라보았다. 마당에 켜둔 백열등 전구 빛에 드러난 아버지 어깨가 왠지 초라했다.

"아버지, 혹시 옛날에 창호 괴롭혔다던 애 이름 기억나세요?"

아버지는 물끄러미 뒤를 돌아보았다.

"그건 왜."

"비슷한 애를 봐서요. 걔 이름이 뭐였죠?"

아버지는 다시 고개를 돌려 상추 잎들을 솎아냈다.

"네가 걔를 알아?"

"모르죠."

"근데."

"그냥 비슷한 얘길 들어서요."

아버지는 상추 잎만 솎아냈다.

"몰라. 기억 안 나. 옛날 일은 다 잊어버렸어."

그렇게 말할 뿐 다시 말을 꺼내지 않았다.

아침에 아버지가 출근한 뒤 진표에게서 전화가 왔다.

"일 났다. 내려와봐."

"왜."

"일단 내려오라니까. 전화로는 말 못 해."

진표는 정비소 밖에서 심각한 표정으로 서 있다 구석진 곳으로 이끌었다.

"나 이제 죽었다."

"왜."

"그 새끼 차 아직도 그대로 있어. 그 새끼 아버지가 보고 좀 전에 왔다 갔어."

"아버지?"

"응. 차 언제 가져갔냐고 묻더라."

"그래서."

"그저께 가져갔다고 했더니 차가 지금 온천 가는 쪽에 찌그러져서 서 있다고 언제부터 거기 있었는지 아느냐고 묻잖아. 그래서 모른다고 했지. 그랬더니만 그 새끼가 며칠 동안 집에 안 들어왔다고 혼자 투덜투덜하더니 밖으로 나갈 때 뒤에서 몰래 따라가보니까 파출소로 들어가더라고."

"신고하러?"

"그런가봐."

"그 새낀 아직도 집에 안 들어간 거야?"

"그러니 그러겠지."

"그럼 어디 있다는 얘기야?"

"그걸 내가 어떻게 알아. 하여간 난 이제 죽었어. 혹시나, 혹시나, 하고 있었더니만 결국…… 형들한테 말했더니 일단 다들 알리바이 하나씩 만들어놓으래. 우린 다 입 맞춰놨어. 너도 그날 저녁에 집에 있었다고 하든가 어디 갔다고 하든가 뭐라도 하나 만들어."

"그 새낀 어디서 뭘 하는 거야. 어디 다친 거 아냐?"

"다치기야 했겠어. 머리가 돌면 몰라도."

진표는 울상을 지으며 고개를 젖혀 하늘을 올려다보았다.

"일이 정말 커지긴 커졌네……"

"내가 왜 그 개 또라이 말을 믿고 시키는 대로 했는지 몰라. 아니, 사람이 해도 해도 적당히 해야지, 왜 사람 바지를 벗기고 돼지로 만들어. 안 그래?"

진표는 화를 내다 길게 한숨을 내쉬었다.

"실종신고 한 거겠지?"

"실종신고든 가출신고든 어쨌든 경찰이 나서면 난 죽은 거야. 꼰대 알면 난 진짜 죽어."

사거리에는 아무 일 없다는 듯 나른한 걸음들만 오고갔다.

"가 있어. 또 무슨 일 생기면 연락할게. 알리바이나 하나 만들어놓으라고 부른 거야."

"그날 저녁에 나 혼자밖에 없었어."

"그럼 집에 있었다고 해. 어차피 너야 뭐 누가 뭐라고 하겠냐. 대신 나중에 혹시라도 성근 형 그 개새끼가 덤터기 씌우려고 하면 네가 좀 나서줘."

"걱정 마."

"성근 형 그 개새끼, 그러기만 해봐라. 내가 가만히 있나봐."

진표는 화가 난 얼굴로 안으로 들어갔다.

낮에 진표가 전화로 정비소 앞으로 경찰차가 몇 번 지나갔다고 알려주었다. 그 뒤로 소식이 잠잠했다. 해가 진 뒤 정비소로 내려가자 진표는 가게 문을 닫고 혼자 내실에 들어앉아 텔레비전을 보고 있었다. 진표는 소파 탁자에 두 다리를 포개 올려놓고 들어오는 사람을 보고도 알은체도 하지 않았다.

"어떻게 됐어?"

그렇게 물어도 진표는 탁자 위에 올려놓은 두 발만 까닥거리고 돌렸다. 진표는 굳은 얼굴로 텔레비전만 쳐다보았다. 텔레비전의 왁자지껄한 소리가 진표의 침묵 속에 묻혀 가느다랗게 흘러나오는 소음 같았다.

"요 앞 모퉁이 복덕방 집 할망구가 산에 나물 캐러 갔다가 그 새끼 봤대."

"정말?"

진표는 말없이 고개만 끄덕였다.

"산에? 그럼 여태 산에 있었단 말이야?"

진표는 대답하지 않고 텔레비전만 쳐다보았다.

"그래서?"

진표는 몸을 틀어 소파 등받이 한쪽으로 몸을 기울였다.

"그 새끼 아버지가 지금 난리가 났어. 파출소에서 곧 수색할 거야."

"이때까지 산에 있었다면 뭘 먹고 살았단 말이야?"

"쥐새끼라도 잡아먹었겠지."

진표는 들어올 때부터 끼고 있던 팔짱도 풀지 않았다.

"성근 형은 뭐래."

"내일 같이 산에 가재."

"걔 찾으러?"

"응. 경찰이 찾기 전에 먼저 찾아야 된대."

"먼저 찾아서 뭘 하려고."

"몰라. 그 또라이가 무슨 짓을 하든 난 찾기만 하면 무조건 잘못했다고 빌 거야."

"그 형은 사과 같은 거 안 할 텐데."

"말로는 자기도 가서 잘 말해보겠대. 그래서 내가 속으로 그랬지. 개새끼, 잘도 잘 말하겠다, 말은 고사하고 더 때리지나 마라. 개 또라이 같은……"

"할머니가 봤다는 건 확실하대?"

"맞나봐. 그 새끼 얼굴 안대. 산에서 나물 캐다 만났는데 보자마자 냅다 도망치더래."

"걘 왜 그러는 거야?"

"모르지. 죽고 싶은가보지."

"정말 머리가 이상해진 거 아냐?"

"이상해졌다고 이상할 것도 없지. 나 같아도 씨발, 그 꼴 당하고는 사람들 앞에서 멀쩡히 얼굴 들고 못 걸어다니겠다. 성근 형 그 인간은 어떻게 생각하는 줄 아냐? 그렇게 패놔야 무서워서 조용히 다닌다는 거야. 나 참, 나이가 몇 갠데, 철이 안 들어도 아휴……"

진표는 포갠 두 다리를 빠르게 돌렸다.

"나도 갈까?"

"넌 갈 필요 없어. 너야말로 곁에서 구경만 한 건데. 발등에 불 떨어진 놈이나 지푸라기라도 붙잡으려고 가는 거지."

"조용히 끝날지도 모르잖아."

"물 건너갔다니까. 그 새끼가 입 다문다고 해도 그 새끼 아버지가 가만히 있겠어?"

"내일 몇시에 갈 거야?"

"일곱시. 꼰대 오기 전에 갔다 돌아와야 돼. 꼰대도 지금 우리가 하는 얘기 다 알고 있어."

진표는 한숨을 내쉬었다.

"내일 비 온다던데."

"비 와도 가야지. 지금 인생이 간당간당하게 생겼는데. 비 온다고 파출소에서 쉬는 것도 아니고."

"어쨌든 가게 되면 올게."

"올 필요 없대도."

"만약 안 오면 둘만 가."

밖으로 나가 어두운 온천 쪽 숲을 올려다보니 어디선가 윗마을 청년이 외치던 소리가 울리는 것 같았다.

마루에 진서가 잠들어 있고 어머니가 그 곁에서 빨래를 개고 있었다. 마당이 어두워 그렇게 마루에 불을 켠 채 앉아 있으면, 그 안의 사람은 어둠 안으로 깊이 들어가 있는 것처럼 보이곤 했다.

"아버지 아직 안 오셨어요?"

"응."

어머니 곁으로 가 빨래 개는 것을 거들었다. 진서가 옆에서 잠든 채 새근거렸다.

"몸은 좀 어떠세요?"

"아무렇지도 않아."

어머니는 진서 옷을 개 옆에 차곡차곡 쌓았다.

"어머니 혹시 예전에 창호 괴롭혔다던 애…… 이름 기억나세요?"

어머니는 문득 고개를 들어 쳐다보았다.

"그건 왜."

"그냥 비슷한 애를 봤는데 맞나 싶어서요."

"어디서."

"아니에요. 그냥 비슷한 얘기를 들었어요."

"걔 이름이 뭔데."

"김성우요."

"아니야. 걔 이름은 박기환인가 그래."

어머니는 다시 빨래를 갰다. 한동안 그 곁에서 새근거리며 자는 진서의 얼굴만 바라보았다.

그림자는 뒷산에서 내려와 마당 어둠 속으로 스며들었다. 그림자는 집으로 들어가 검은 비닐봉지에 뭔가 담아 야구방망이와 함께 들고 나왔다. 그림자는 곧바로 다시 뒷산으로 올라갔다.

그자의 집은 어둡고 조용했다. 그자는 밤늦게 아내를 태우고 돌아와 집 안으로 들어가지 않고 마당을 돌아다니며 담배를 피우고 전화를 걸었다. 그림자는 기환이었다. 그림자를 본 것은 호두나무 아래에서 한 시간째 그자의 집을 바라보던 사람뿐이었다. 그자는 전화기를 들고 크게 떠들며 마당 곳곳을 돌아다녔다. 아버지와 어머니가 돌아와도 그림자는 내려오지 않았다. 그자는 아내를 남겨두고 다시 밖으로 나와 차를 몰고 아래로 내려갔다.

창수가 봤다는 아이는 기환이었다. 이틀째 온천 가는 길 가운데 기분 나쁜 모습으로 서 있는 차와 조금 전 산에서 내려왔던 그림자가 그것을 증명했다. 기환의 차는 한쪽 앞바퀴가 주저앉아 기우뚱한 채 산에서 내려온 가랑잎들을 이고 있었다. 기환의 차는 늦여름 풍경을 황폐하게 물들였다. 밤에는 곁으로 차가 지나갈 때마다 어둠 속에서 그 불쾌한 모습이 드러나곤 했다. 그

차는 뭔가 항변하고 있는 것 같았다.

며칠 동안, 삶에서 알맹이가 빠져나가버린 것같이 공허했다. 그자들을 고발하고 식구들과 휴가를 갔다 온 뒤에는 무엇이 남을까. 그때도 삶은 무언가를 강요할까. 다시 바다를 그리워하게 될까?

그자의 집에서 차를 돌려 집으로 돌아갈 때도 기환의 차는 그 자리에 서 있었다. 차는 어둠 속에 있다 흉측하게 모습을 드러냈다.

그런 날이 올지도 모른다고 생각하며 몇 번인가 떠올려보았던 상상 속에는 늘 아내가 등장했다. 그자를 쫓기 위해 이사한 것이란 걸 알고, 아직도 우리에게 해야 할 일이 남았느냐고 따져 묻던 것은 늘 아내였다. 거기에 창수는 없었다. 그곳에 창수를 그려보는 것은 괴로운 일이었다.

마당에 창수 혼자 남아 있었다. 창수는 백열등 불빛 속에서 고개를 약간 숙인 채 마당 한곳을 쳐다보고 있었다. 집에 들어가기 전, 담 너머로 한동안 그 모습을 바라보았다.

"안 자고 왜 나와 있어."

창수는 숙였던 고개를 들어 아버지를 쳐다보았다.

"잠이 안 와서요."

창수는 멋쩍게 웃었다.

창수는 착한 아이였다. 착한 사람은 스스로 더 많은 고통을 짊어진다. 창수는 그 궂은 시간 동안 괴롭다는 말 한마디 하지 않았다. 허리를 굽힌 창수 위로 백열등 불빛이 내려왔다. 누군가의 입에서 고통스러운 항변이 흘러나와야 한다면, 그것은 창수의 몫이었다. 마루에 걸터앉아 창수를 바라보았다.

"감기 든다."

"예."

창수는 말하려 들지 않았다. 창수는 그 자세 그대로 앉아 있었다.

"무슨 일 있냐?"

창수는 굽혔던 허리를 펴고 아버지를 쳐다보았다. 입으로 내보내지 못한 것이 창수의 두 눈에 어려 있었다.

"없어요."

창수는 다시 멋쩍게 웃고 시선을 돌렸다.

창수는 자리에서 일어나 허리를 펴고 밤하늘을 올려다보았다.

"들어가려고?"

"예."

창수는 가볍게 고개를 숙여 인사하고 아버지 곁을 지나 방으로 들어갔다. 빈 평상 위로 백열등 불빛만 내려왔다. 마루에 걸터앉아 한동안 빈 평상만 바라보았다.

곧 비를 뿌릴 것 같은 먹구름이 서쪽 산등성이 너머까지 짙게 내려와 있었다.

"곧 쏟아지긴 하겠다."

지프 곁에서 진표는 하늘을 쳐다보며 얼굴을 찌푸렸다. 진표
는 서쪽 하늘을 보다 시선을 옮겨 온천 쪽 숲을 바라보았다.

이성근의 군복 바지와 군화는 밝은 곳에서도 눈에 거슬렸다.
이성근은 지프 안에서 전화를 걸다 시동을 걸어놓고 내려왔다.

"전화기 갖고 왔지?"

"예."

진표가 대답했다.

"혹시 모르니까 흩어지면 전화로 연락해."

"알았어요."

"그 새끼, 사람 보면 그대로 도망친다는 거 알지? 조심해서
찾아."

"그 새끼 보면 어떡할 건데요."

"어떡하긴 뭘 어떡해."

"찾으면 어떡할 거냐고요."

"잘 말해봐야지."

이성근은 시선을 피해 온천 쪽을 쳐다보았다.

"그 새끼가 형을 보면 가만히 있겠어요? 나라도 그 자리에서
도망가겠다."

"그러니까 잡아서 얘기해야지."

"잡다니요?"

"잡아놓고 얘길 해야 뭐라도 말을 하지. 안 그러면 도망친다
니까."

"어떻게 잡아요. 달려들어서 잡으려고요?"

"달려들어서 잡든 말로 구슬려서 잡든 상황 봐서 해야지. 왜 말이 많아."

"형 보면 그냥 도망간다니까요."

"그럼 왜 가? 너 보면 뭐가 다를 것 같아?"

"그러니까 걔 보면 아예 사과부터 해야 돼요."

"알았어. 시끄럽게 굴지 말고 차나 타."

이성근은 차에 오르자마자 담배를 피워물었다.

"씨발, 또 일 나는 거 아닌가 모르겠다."

진표가 이성근에게 들리지 않게 중얼거렸다. 두 사람이 차에 오르자 이성근은 천천히 온천 쪽으로 차를 몰았다.

"형, 그래도 때리진 마요."

진표가 조수석에서 말했다.

"때리긴 누가 때린다 그래. 넌 네 할 일이나 해."

"잡겠다고 하니까 하는 말 아니에요."

"내가 때려잡는다고 했어? 그냥 잡는다고 했지."

"심하게 하지 말라고요."

"이 새끼가 보자보자 하니까……"

이성근은 길가에 차를 세웠다.

"야 이 새끼야, 대체 누가 잘못해서 지금 이러고 있는 거야. 술 처먹고 여자한테 협박하는 놈 때문이야, 그런 놈 혼내준 놈 때문이야."

이성근은 진표를 쏘아보았다.

"자식이 대가리가 돌았나……"

진표는 아무 대답도 하지 않았다. 이성근은 다시 앞으로 차를 몰았다.

윗마을 청년의 차는 그 자리에 서 있었다. 그곳을 지나 오십 미터쯤 떨어진 공터에 차를 세우고 이성근은 차에서 내려 숲을 올려다보았다.

"손바닥만한 덴데……"

이성근은 차 앞에 서서 혼자 중얼거렸다. 산에 먹구름이 내려와 걸려 있었다.

"자, 지금부터 올라간다. 제일 중요한 건 몰래 가는 거야. 소리를 내면 안 돼. 진표 너 노루 사냥 해봤냐?"

진표는 고개를 가로저었다.

"노루 새끼 귀가 얼마나 밝은지 모르지. 바스락거리기만 해도 놀라서 도망가."

이성근은 다시 고개를 돌려 숲을 올려다보았다. 곧 비가 내릴 것 같았다.

"자, 간다. 천천히 내 뒤만 쫓아와. 입은 다물고."

이성근은 숲으로 난 길을 올랐다.

이성근은 숲길에 떨어진 긴 나뭇가지를 주워 지팡이처럼 짚었다. 이성근이 처음 올라간 곳은 그날 밤 청년을 데리고 갔던 그 풀밭이었다. 환히 드러난 그곳은 그날 밤보다 넓었다. 이성근은 윗마을 청년이 기어가던 자리로 가 그곳에 서서 위쪽을 올려다보았다.

"물이 있는 데 있을 거야."

그는 사냥하듯 위를 올려다보았다. 짙은 초록 너머 먹구름이 내려앉아 있었다.

"내 말 잘 들어."

이성근은 목소리를 죽였다.

"여기서 흩어지자. 셋이 한꺼번에 가면 눈에 더 잘 띄어. 진표 너는 저쪽으로 가."

그는 그날 밤 관객석이었던 언덕을 가리켰다.

"넌 저쪽으로 가."

그곳에서 자신이 선 곳을 중심으로 반대쪽을 가리켰다.

"난 이쪽으로 간다."

그는 개울이 흘러내려오는 쪽을 가리키며 위를 쳐다보았다.

"찾으면 전화를 해. 숨소리도 내지 말고. 자, 가자."

그는 곧바로 위쪽으로 올라갔다. 그가 숲으로 들어가 사라지자 진표가 다가와 그쪽을 쳐다보았다.

"미친 새끼."

"강제로 붙잡아놓을 것 같은데."

"왜 아니겠어. 저 인간은 그짓밖에 못하는데. 잘 얘기하긴 염병…… 뭐? 노루 사냥? 씨발, 사람한테 노루 사냥 얘기하는 놈이 얘기는 잘도 하겠다."

진표는 이성근이 사라진 쪽을 흘겨보았다.

"우린 같이 가자. 저 인간 말 들을 필요 없어. 씨발, 사과를 하러 온 거야, 사냥을 하러 온 거야."

진표는 관객석이었던 언덕을 오르기 시작했다.

작은 언덕들이었다. 언덕을 넘으면 내리막길이다가 다시 높은 언덕이 나타나곤 했다.

"산이 낮아. 이 산에 있으면 분명히 찾을 거야."

진표가 앞장서가며 말했다. 산은 이슬에 젖어 있었다. 진표는 이성근이 말한 대로 조심스럽게 걷다 멈춰 서서 주변을 두리번거리곤 했다.

"넌 어떡할 거야?"

뒤에서 묻자 진표는 멈춰 서서 뒤돌아보았다.

"그 자리에서 빌 거야. 그래야 한마디라도 듣지."

"성근 형이 달려들면?"

"넌 어떡할 거야?"

"도망치라고 해야 될 것 같은데."

"몰라. 씨발, 오늘은 난 그 형 올라탈지도 몰라."

진표는 굳은 얼굴로 돌아섰다.

날이 어두워 숲이 더욱 어두웠다. 얼마 지나지 않아 진표의 전화가 울렸고 전화를 받은 진표가 이성근이 올라갔던 쪽을 턱짓으로 가리켰다.

"저쪽으로 오래."

"찾았대?"

"아니. 뭐가 있대."

진표는 속삭였다.

이성근은 개집 두 배쯤 되는 크기의 움막 앞에 서 있었다. 두 사람이 다가가자 이성근은 지팡이를 들어 솔가지를 얼기설기 엮어놓은 움막 지붕을 톡톡 내리쳤다.

"봐. 집까지 지어놨어."

이성근은 조심스럽게 주변을 두리번거렸다.

"진짜 집이네?"

진표가 쪼그리고 앉아 움막 안을 들여다보았다.

"밥까지 해먹었잖아. 어쩐지 잘도 버틴다 싶더라."

이성근은 지팡이 끝으로 타다 남은 나뭇가지와 쌀알 들을 흩었다.

"쌀은 어디서 난 거지?"

진표가 떨어진 쌀알 몇 개를 주웠다.

"집에서 훔쳐왔겠지."

이성근은 허리를 굽혀 움막 안을 들여다보다 일어서서 지팡이로 움막을 밀어 넘어뜨렸다. 움막 안에서 쌀이 든 검은 비닐봉지와 야구방망이가 나왔다. 이성근은 야구방망이를 주워들었다.

"별 게 다 있네."

이성근은 야구방망이를 눈앞으로 들어올려 천천히 아래위로 훑었다.

"밤엔 무서우니까 쌀 훔칠 때 같이 가져왔겠죠."

진표는 야구방망이를 건네 들고 야구선수처럼 천천히 돌렸다.

"멧돼지라도 잡아먹으려고 그런 거 아냐?"

이성근은 다시 야구방망이를 빼앗아 한동안 쳐다보다 쓰러진 움막 위에 던지고 다시 주변을 주의 깊게 살폈다.

"자, 잘 들어."

이성근은 소리를 낮추었다.

"분명히 이 근방 어디에 있어. 너희 둘은 저쪽으로 가. 난 이쪽으로 간다. 금방 찾을 거야. 찾으면 뭐부터 하라고 했지?"

"전화요."

"지금부터 한마디도 하지 말고 찾아. 발소리도 내지 말고."

이성근은 곧바로 개울을 건너 위쪽으로 올라갔다. 진표는 개울을 사이에 두고 이성근과 나란히 산을 올랐다.

"그 새끼 나타나도 전화 안 할 거야."

진표가 속삭였다.

"저렇게 가까이 있는데 어차피 다 보겠지."

"보면 할 수 없지. 그래도 전화는 안 할 거야."

진표는 조심스럽게 걸음을 옮겼다. 이성근은 개울 건너에서 두 사람을 앞질러 고양이처럼 올라갔다. 그는 한참 오르다 멈추어 서서 주변을 살피곤 했다. 한참 올라갔던 그가 다시 내려와 진표를 보며 전화기를 들라는 시늉을 했다. 진표의 전화가 울렸다. 진표는 전화를 끊고 주변을 두리번거렸다.

“어디 숨어 있으래.”

“왜.”

“찾아다녀봐야 들키기만 한다고 숨어 있재.”

진표는 큼지막한 바위 뒤로 가 그 뒤에 몸을 숨겼다. 진표는 껌을 씹었다. 이성근은 산길을 벗어나 언덕 위 굵은 소나무 곁에 있는 바위 뒤로 몸을 숨겼다. 이성근이 진표를 건너다보며 집게손가락을 입에 갖다댔다. 진표는 껌을 씹다 바위 너머를 조심스럽게 내다보곤 했다. 빗방울이 떨어지기 시작하자 진표는 얼굴을 찌푸리고 껌을 더욱 세게 씹었다.

나뭇가지 사이로 빗방울들이 떨어졌다.

“비 오면 아까 그 집으로 갈 텐데.”

진표는 얼굴에 비를 맞으며 껌을 씹었다.

“누가 왔다 간 거 알면 다른 데로 도망치지 않을까?”

“그러겠지. 찾았으면 가만히 놔둘 것이지 쓸데없이 왜 부숴놔?”

진표는 개울 건너 이성근을 노려보았다.

“전화 안 할 거지?”

“안 한다니까. 그냥 우리끼리 사과해.”

“알았어.”

진표는 껌을 씹으며 앞을 내다보았다.

빗줄기가 거세어지다 잦아들곤 했다. 빗줄기가 거세어지면 진표는 하늘을 원망스럽게 올려다보곤 했다. 윗마을 청년은 이성근이 반대쪽 비탈 아래를 내려다보고 있을 때 내려왔다. 껌을 씹으며 하늘을 올려다보던 진표의 팔꿈치를 치자 진표는 재빨리 몸을 돌려 바위 너머를 쳐다보았다. 청년은 걸레처럼 더러운 옷 차림으로 내려왔다. 진표는 껌을 씹던 입을 다물고 고개를 돌려 개울 건너를 쳐다보았다. 이성근은 반대쪽 비탈 아래를 내려다보고 있었다. 청년은 금세 바위 앞까지 다가왔다. 진표는 청년이 놀라지 않게 천천히 일어났다.

"저…… 잠깐만요."

청년은 그 자리에 멈추어 서서 움직이지 않았다.

"미안하다고 말하려고 왔습니다."

진표는 그렇게 말하고 두 손을 모으고 고개를 숙였다. 얼굴이 검게 탄 청년이 표정 없이 바라보았다.

"그날 밤 일 사과하려고 왔습니다. 잘못했습니다. 용서해주세요."

청년은 자기 앞에 사람이 없다는 듯 멍하니 진표 위의 허공을 쳐다보았다. 이성근이 개울 건너에서 진표를 바라보았다. 이성근은 소리를 내지 않고 내려와 개울 앞에서 다시 세 사람을 올려다보았다.

"사과하러 왔습니다. 잘못했습니다."

진표는 다시 천천히 허리를 구십 도로 굽혔다. 윗마을 청년은 진표를 피해 다른 곳만 멍하니 쳐다보았다. 이성근은 개울을 건너자마자 비탈을 타고 올라왔다. 청년을 잡으려는 것 같았다.

“성근 형 왔어.”

그렇게 속삭이자 진표가 개울 쪽을 쳐다보았다. 비탈 아래에서 소리가 들렸다.

“도망가요.”

진표가 속삭이자 윗마을 청년이 놀란 얼굴로 바라보았다.

“도망가라니까.”

진표는 작은 소리로 힘주어 말했다. 이성근이 뛰어올라왔다. 윗마을 청년은 곧바로 뒤돌아 뛰기 시작했다. 이성근은 진표 곁을 지나 쏜살같이 뒤를 쫓았다. 진표가 달리기 시작했다. 군화를 신은 이성근은 비탈진 길을 거침없이 뛰어올라갔다. 이성근은 윗마을 청년 가까이 다가가자마자 지팡이를 들어 청년의 어깨를 내리쳤다. 청년은 뒤돌아 멈춰 서서 달려드는 이성근의 얼굴을 어깨로 들이받았다. 짧은 소리를 내며 이성근이 주저앉았다. 청년은 다시 달리기 시작했다. 청년은 짐승처럼 빨리 달렸다. 이성근은 재빨리 일어나 달려가는 청년을 쳐다보았다. 청년은 금세 빗속으로 사라졌다.

“다쳤어요?”

진표가 이성근 곁으로 다가갔다.

“다 잡았다 놓쳤다.”

이성근은 왼쪽 광대뼈를 어루만지며 청년이 사라진 쪽을 쳐다보았다. 잠잠하던 비가 거세게 내렸다.

“됐어. 이제 독 안에 든 쥐야. 지가 도망가면 어딜 도망가.”

이성근은 비가 내리는 하늘을 올려다보다 발걸음을 돌려 아래
로 내려갔다.

"때리긴 또 왜 때려요."

뒤를 따르며 진표가 말했다.

"도망치잖아."

"말로 하기로 했잖아요."

"일단 붙잡아야 말을 하지. 넌 뭐라고 했어."

"미안하다고 했어요."

"그랬더니 뭐래."

"아무 말도 안 해요."

"내려올 것 같아?"

"몰라요."

"안 내려오겠지. 그 정도로 내려올 거면 산에 있지도 않았겠
지. 해질 때까지 기다려보고 안 내려오면 다시 오자."

"어두울 때 와서 어떻게 찾으려고요."

"그때가 오히려 찾기 쉬워. 그 새끼 어차피 불 피우는 모양이
던데 쉽게 찾을 거야. 어두워야 도망칠 데도 없고."

이성근은 왼쪽 광대뼈를 어루만졌다.

산을 내려가 차 앞에 섰을 때는 모두 뒤돌아 방금 내려온 숲
을 올려다보았다.

"일단 저녁까지 기다리자."

이성근이 뒤돌아 차문을 열었다. 진표는 대답하지 않고 숲을

올려다보았다.

어머니는 우산을 쓰고 뒤뜰에서 뒷산을 올려다보고 있었다. 어머니는 시들어버린 꽃 같았다. 하지만 여전히 꽃 같았다. 어머니는 숲을 올려다보며 아들이 사라진 이유를 생각하는 것 같았다.

어머니는 늘 뭔가 후회하고 있는 것 같았다. 아들이 없어진 이유를 자신에게서 찾고 있을지도 몰랐다. 어머니에게는 슬픔이 어울렸다. 어머니가 슬픔에 눈뜬 것은 창호가 죽은 뒤였다. 그 뒤로 어머니는 늘 슬펐다. 어머니는 슬픔을 잘 다스렸다. 어머니는 늘 슬프면서도, 그 슬픔은 흘러넘치지 않았다.

우산은 앞마당으로 가 멈추어 섰다. 어머니는 갇힌 새 같았다. 마을에서 외톨이는 아들이 아니라 어머니였다. 어머니는 먼 곳에 두고 온 교회를 바라보는 것 같기도 했고, 어떤 시간 속을 바라보는 것 같기도 했다. 어머니는 오래전을 그리워했다. 아들이 그리워하는 그 시간을 어머니도 그리워했다. 어릴 때, 아직 슬픔이 내리지 않았을 때, 어머니는 가냘픈 꽃 같았고 그렇게 가냘프다는 것이 흠이 되지 않았다. 거기에 슬픔은 없었다. 어릴 때 어머니와 찍은 사진 속에는 슬픔이 없었다.

어머니는 앞마당에 선 채 움직이지 않았다. 산을 내려가야 할 때였다. 어머니는 슬픔에 익숙했다. 어머니의 슬픔은 다른 사람의 것보다 넓고 깊었다. 어머니는 잔잔한 슬픔 안에서 평화로웠다. 마을 아래, 온천 쪽 길에 차들이 빗속을 지나다니곤 했다.

날이 어두웠다. 그런 날이면 어머니는 보다 깊은 슬픔 속으로 들어가곤 했다.

아침부터, 오래전 아내를 싣고 달리던 구급차 안에서 들었던 사이렌 소리가 귓가에 맴돌았다. 기환의 차는 그 자리에 그대로 웅크리고 있었다. 기환의 차를 지난 뒤로 청사에 닿을 때까지 가슴속에서 목소리가 아우성치듯 들끓고 일어났다. 목소리는 화를 내며 소리쳤다. 목소리는 불행할 권리에 대해 소리쳤다. 행복이 무엇인가. 짐승이 먹이를 찾아다니듯, 평생 그렇게 사람들이 좇아 어슬렁거리는 행복이란 대체 무엇이란 말인가.

너는 불행했다. 너는 불행한 자신을 직시했다. 그렇게 소리쳐라. 너는 불행했다고. 행복을 바라지 않았다고. 그것이야말로 네 삶의 자부심이라고.

오전 내내 목소리들이 들끓었다. 직원들은 하루 종일 말이 없는 상사에게 말을 건네지 않았다. 비는 오후까지 내렸다. 비가 내리는 창밖을 내다보면, 오래전 아내를 싣고 달리던 구급차 안에서 내다보았던 밤거리가 떠올랐다. 구급차는 밤거리를 내달렸다. 아내는 곁에 누워 조용히 숨을 쉬었다. 밤거리의 사람들은 자신의 불행을 예감한 것처럼 두려운 얼굴로 구급차를 바라보곤 했다. 구급차는 밤거리를 지나 더 어두운 곳으로 달렸다. 그 사람들을 부러워하지 않았다. 그 사람들은 미처 불행이 닿지 않은 사람들일 뿐이었다. 불행을 저주하지 않았다. 우리는 그저 그전까지 우리가 모르던 곳으로 갔던 것뿐이었다.

오후 늦게 비가 그쳤다. 퇴근시간이 지난 것도 모르고 앉아 있다 사무실에 몇 사람 남지 않은 것을 알고 자리에서 일어났다. 그자들을 고발할 것이다. 그로 인해 더 큰 불행이 닥친다 해도 그자들을 고발하고 말 것이다.

비가 그쳐 어두운 하늘에 옅은 노을빛이 남아 있었다. 도로의 고인 물 위로 가로등 불빛이 번졌다. 차들이 그 위로 다시 불빛을 남기고 지나가곤 했다. 기환의 차가 서 있는 곳에 닿기 전, 차를 공터에 세우고 멀리 저녁 하늘에 번진 사거리의 불빛을 바라보았다. 사거리의 불빛들은 어두워가는 하늘 아래에서 이제 막 깨어나고 있었다. 기환의 차가 지나가는 차의 불빛에 드러나곤 했다. 기환의 차 건너편 논두렁에 한 남자가 서 있었다. 남자는 사거리 쪽에서 차가 올 때마다 손을 이마에 짚고 다가오는 차를 확인하곤 했다. 차가 오지 않으면 다시 논두렁으로 내려가곤 했다. 남자는 야구방망이를 들고 있었다. 야구방망이가 아니었다 해도, 가로등 불빛에 드러난 형체는 멀리서 보아도 기환이었다. 기환은 차를 확인하다 다시 논두렁으로 내려가곤 했다. 그 모습은 눈앞의 것이 아니라 오래전 일이 되살아나 재생된 것 같은 착각을 불러일으켰다. 논두렁에서 올라오면 기환의 형체는 사거리 쪽의 화려한 모텔 네온사인 불빛에 실루엣이 되었다. 기환은 다시 야구방망이를 쥐고 올라와 멀리서 다가오는 차를 물끄러미 바라보았다.

노을이 잦아들수록 사거리 불빛들은 일어났다. 기환은 이마에 손을 얹고 맞은편에서 달려오는 차를 바라보다 방망이를 움켜쥐었다. 기환은 차가 가까이 다가올 때까지 차의 번호판을 노려보았다. 더 가까이 다가왔을 때는 운전석을 쳐다보았다. 기환은 방망이를 세우고 기괴한 소리를 내지르며 차에 달려들더니 방망이를 휘둘렀다. 지프의 앞유리가 부서지고, 차가 사람의 비명 같은 소리를 내지르며 한쪽 바퀴만으로 기이한 회전을 하더니 논둑 아래로 거꾸로 떨어졌다. 기환은 부서진 방망이를 들고 서 있었다. 저녁 하늘로 번진 사거리의 불빛들이 기환을 비추었다. 차들이 멈추어 섰다. 차에서 내린 사람들은 논두렁으로 다가가 아래를 내려다보았다. 그 뒤로 다시 차가 멈추어 섰다. 한 남자가 차에서 내리자마자 전화기를 들어 급히 전화를 걸었다. 차들은 금세 들어찼다. 그 가운데서 누군가 비명 같은 소리를 내질렀다. 그 소리가 아침부터 귓가에서 맴돌던 사이렌 소리 같았다.

사거리 쪽에서 사이렌 소리가 저녁 하늘 높이 치솟았다. 사람들은 그 소리가 울려퍼지는 하늘을 쳐다보았다. 경광등 불빛은 모여든 사람들의 얼굴을 얼룩지게 물들였다. 차 안에서 그 불빛을 바라보던 남자는 손가방에서 사진을 꺼내 찢고 CD를 부러뜨렸다. 경광등 불빛에 드러난 사람들은 저마다 한마디씩 내뱉으며 불빛을 향해 다가갔다. 불을 끈 채 홀로 공터에 서 있는 차 앞으로 사람들이 다가와 문까지 막아섰다.

"좀 나갑시다!"

문을 밀고 나가자 사람들이 놀라서 뒤돌아보았다.

"급한 일이 있어요! 좀 나갑시다!"

사람들 너머 경찰차와 구급차의 불빛이 어지럽게 어른거렸다. 기환은 마치 오래전부터 그곳에 그렇게 서 있었던 것처럼 움직이지 않았다. 사람들은 웅성거렸다. 사람들을 헤치고 나갈 때 누군가 뒤꿈치를 밟아 구두 한 짝이 벗겨졌다. 구두는 사람들 속으로 들어갔다. 사람들에게서 벗어나자 맞은편에서 다시 경찰차가 사이렌을 울리며 다가왔다. 구두 한 짝을 벗어 손에 들었다. 어둠 속에서 사람들이 뛰어왔다. 사람들에게서 벗어날수록 길에는 경찰차와 구급차의 불빛만 어른거렸다. 그 불빛이 사거리에서 달려오는 사람들을 물들였다. 사람들은 불빛 아래로 달려갔다. 서쪽 하늘은 빛을 잃어 어두웠다. 불빛 아래로 달려가는 사람들은 언젠가 닥칠 자신의 불행을 예감하고 있는 것 같았다. 경광등 불빛이 사람들 위에서 불안하게 내리비추었다.

사람들에게서 벗어나고 있는 것은 구두를 든 남자뿐이었다. 남자는 사람들에게서 어서 벗어나려는 듯 빠르게 걸었다. 남자는 앞에서 다가온 아들을 알아보지 못하고 지나쳤다. 남자는 외쳤다. 그 소리는 아침부터 가슴속에서만 일어났던 것이었기에 소리가 되어 나오지 않았다.

'난 미워하지 않았어! 난 아무도 미워하지 않았어! 아무도!'

남자는 더욱 빠르게 걸었다. 앞에서 다시 한 무리의 사람들이

달려왔고, 사람들이 향하는 곳에서는 구급차의 사이렌 소리가
빛을 잃은 하늘까지 치솟아 올라가고 있었다.

작가의 말

한 해 전쯤 아내가 학교에 찾아온 독일인 선생의 강연을 이야
기해주었다. 통역을 맡았던 아내는 강연 내용을 이야기하다가
수수께끼를 내듯 말했다.

"선생이 말하길, 인류는 그 오랜 역사를 거쳐 궁극적으로 나
아가고자 하는 방향이란 게 있다는 거야. 그게 어딘지 알아?"

"글쎄."

아내는 재미있다는 듯 목소리를 높였다.

"러브! 러브라는 거야!"

전쟁과 혁명, 제도와 체제의 재구성을 거쳐 우리가 나아가는
곳이 바로 사랑이라는 것이었다. 종교적 진리에 바탕을 둔 말이
아니었다.

아내와 나는 그 강연을 두고 한동안 이야기했다. 나는 나이
마흔이 되며 절실히 느꼈던 것이 바로 사랑이었기에, 결국 사람

은 사랑 없이 살 수 없다는 걸 여실히 느껴왔기에, 그 말에 어느 정도 동의했다. 하지만 사랑에 도달하기 전까지 과연 우리 삶에는 무엇이 존재하는가. 나는 사랑이 우리 삶에 궁극이라 한들 결국 삶에 남는 것은 사랑에 도달하지 못한 것이 대부분이라고 생각했다.

어릴 때부터 나는 사람이 죽는다는 사실을 잘 받아들이지 못했다. 태어났으나 그 순간부터 결국 끝을 향해 가고 있다는 모순을 무슨 수로 해명하랴. 그리하여 삶을 아름답고 고매한 것으로 치장하는 것 역시 억지스럽고 자기방어적이라고 여겼다. 이십대 때는 이런 일이 있었다. 우연히 학교 강당에서 현대무용 공연을 보게 되었는데, 들어가기 전까지 지루할 것이라 생각했던 것과 달리 공연 내내 여자 무용수 네 명의 몸짓에 흠뻑 빠져들었다. 무용이 표현하려는 것이 무엇인지 전혀 몰랐다. 그저 사람의 몸, 그 움직임만을 넋 놓고 본 일이었다. 하지만 공연장을 나와서는, 이유를 알 수 없이 그 몸짓에 슬픔이 깃들어 있다고 여겼고, 느닷없이 사람은 결국 죽는다는 우울한 생각에 빠져들었다.

우리 삶이, 또는 인류가 나아가는 방향이 결국 사랑이라 하더라도, 나는 우리 삶의 궁극적인 속성이 비극임을 감출 수 없다고 생각한다. 우리 삶을 이루고 있는 불행과 비극을 다른 무엇으로 치장할 수 있으랴. 우리는 그런 삶을 살고 있고, 그래도 우리 삶은 충분히 아름답다.

　이 이야기는 한 죽음, 그리고 그뒤에 남은 사람들의 이야기다. 나는 그 사람들이 지닌 삶의 의지를 그리고자 했다. 우리는 삶 안에 있고, 그 삶이 지닌 속성을 받아들여야 한다. 나는 그런 의지를 아름답다고 느낀다. 삶이 어느 곳으로 흘러가든 간에. 물론 그곳이 사랑이라면 더할나위없겠지만.

2011년 가을
전수찬

문학동네 장편소설

오래된 빛

ⓒ 전수찬 2011

| 초판 인쇄 | 2011년 11월 10일 |
| 초판 발행 | 2011년 11월 18일 |

지은이 전수찬
펴낸이 강병선
책임편집 백다흠 | 편집 이경록 | 디자인 윤종윤 유현아
마케팅 신정민 서유경 정소영 강병주 | 온라인 마케팅 이상혁 한민아 장선아
제작 안정숙 서동관 김애진 | 제작처 상지사P&B

펴낸곳 (주)문학동네
출판등록 1993년 10월 22일 제406-2003-000045호
주소 413-756 경기도 파주시 문발동 파주출판도시 513-8
전자우편 editor@munhak.com | 대표전화 031)955-8888 | 팩스 031)955-8855
문의전화 031) 955-8890(마케팅) 031) 955-8864(편집)
문학동네카페 http://cafe.naver.com/mhdn

ISBN 978-89-546-1653-9 03810

* 이 책의 판권은 지은이와 문학동네에 있습니다.
   이 책 내용의 전부 또는 일부를 재사용하려면 반드시 양측의 서면 동의를 받아야 합니다.
* 이 도서의 국립중앙도서관 출판시도서목록(CIP)은 e-CIP 홈페이지(http://www.nl.go.kr/ecip)에서
   이용하실 수 있습니다.(CIP제어번호: CIP2011004610)

www.munhak.com